U0055120

首席駭客

8

網路戰爭

銀河九天 著

Username

Password

sign in

Contents 目錄

第一章　拳頭產品

「架設硬體安全環境，更符合安全的需要，這些都是軟體安全產品所不能比擬的優勢。最重要的一點，硬體產品是咱們軟盟的拳頭產品，更是咱們軟盟的立身之本，這個立場從來都沒有變過，以前是，現在是，將來還是！」

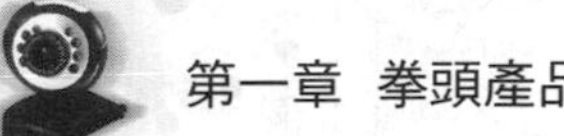

好不容易看到了一絲機會的曙光，劉嘯可不想錯失，「那我們就分頭行動吧！」劉嘯對商越說完，轉身就準備去安排這事。

剛走到門口，接待美眉敲門進來了，「劉總，又有人找你！」

「誰找我？」劉嘯問，心裏暗道：今天真是邪門了，自己不過就是信口一說，竟然找自己的人還沒完沒了了。

「他們沒說，只說是你的老朋友了！」接待美眉答道。

「那你先安排他們在會議室裏等一會兒，說我幾分鐘後就到！」

劉嘯這時候哪有工夫會客啊，既然是老朋友，估計也沒什麼重要的事，先讓他們稍微等會兒吧。

劉嘯進了實驗室，在裏面搞了十來分鐘，然後抱著一疊文件直往硬體防火牆開發小組而去。

「大家把手頭的工作都放一下，到活動室開會！」劉嘯一拍手，對大夥喊道。

整個小組的人都把手頭的工作放下，跟著劉嘯進了活動室。這個活動室，就是以前軟盟人人都羨慕的小辦公區，現在改成了一個獨立的員工活動室。

「大家各自找地方坐吧，我來報告一件事！」劉嘯看眾人都坐下了，然後道：「最近，咱們軟盟的軟體項目做得是風生水起，個人版安全系統推出只一個月的時間，就已經佔了個人安全市場的一半份額，明天，企業版、專業版的系統也要推出，根據目前的反應來看，情勢非常好！相比之下，咱們的硬體產品就要遜色了一點，這有許多方面的原因，主要是因為咱們剛從之前的攻擊事件裏脫身出來，另外，就是公司砍掉了九成的硬體項目，讓硬體產品在公司贏利中所占的份額縮減了。」

眾人一開始聽劉嘯說還很興奮，等聽到後面，就有些喪氣了，確實是，軟體項目組的人最近在公司可是挺神氣啊，說起話來底氣十足。

「大家不要喪氣，聽我說完嘛！」劉嘯笑呵呵地踱了兩步，「公司之所以砍掉九成的硬體項目，並不是說不重視硬體項目了，相反，公司在硬體方面的關注程度反而要比以前還要高，公司的目的是為了做出精品來，走高端的路線。硬體安全產品執行效率高，而且不會影響到伺服器和網路的運行狀況，從結構上，架設硬體安全環境，更符合安全的需要，這些都是軟體安全產品所不能比擬的優勢。最重要的一點，硬體產品是咱們軟盟的拳頭產品，更是咱們軟盟的立身之本，這個立場從來都沒有變過，以前是，現在是，將

來還是！」

「劉總！」底下有個員工抬了抬手。

「你說！」劉嘯笑呵呵看著他。

那員工撓了撓頭：「劉總，軟體部門最近幹得那麼紅火，其實我們這些人心裏也挺著急，也想著要把咱們硬體產品的安全水準給它來個突破。可是軟體產品有公司最先進的策略級安全引擎做核心，我們不是不努力，是實在想不出超越策略級安全引擎的辦法。」

「對！」眾人紛紛附和，「要是公司能把策略級安全引擎也交給我們，我們肯定比軟體部門幹得好，都是爹媽養的，誰比誰差啊！」

「好，有這句話我就放心了！」劉嘯一揮手，示意眾人收聲，然後道：「我今天就是為這件事來的，你們看看這是什麼？」

劉嘯舉著手裏的那疊檔案，「這就是策略級安全引擎的介面標準和調用函數表！公司決定，要把這個安全引擎也用到我們硬體產品的開發上！」

「不是吧！」挨著劉嘯很近的那個人，把那疊檔案搶了過去，然後翻了翻，「太好了，太好了！有了這東西，咱們還怕什麼，以後在公司說起話來，咱們也是中氣十足！」

劉嘯接著說：「這東西之所以現在才交給大家，一來是大家之前都忙著到客戶那裏收拾爛攤子去了，人員不全，也沒精力去開發新的硬體產品；二是軟體的安全產品和硬體的安全產品在功能性能上的要求都不一樣，公司要對這個引擎進行專門的定向改造，設計出適合開發硬體產品的專用引擎。」

硬體項目組的負責人就站了起來，「劉總，你放心吧，我們絕不會讓你失望的，咱們的硬體產品還會是公司的頂梁柱！」

「對！」其他人紛紛喊著，估計是看軟體項目組的人整天鼻孔朝天，大家這口氣憋得太厲害了。

「還有一件事！」劉嘯看眾人興致挺高，就道：「明天，我就正式加入咱們硬體組，這個新產品的開發設計，就由我和大家一起幹了！」

眾人一愣，隨即鼓掌歡迎，「太好了！」看來公司的立場沒變，這硬體產品還是軟盟的中流砥柱。

「行，大家就別鼓掌了！」劉嘯笑著，「今天大家都先把手上的活放一放，好好熟悉一下這些函數和介面標準，明天咱們就正式開工幹活，到時候誰搞不清楚，就負責給大家端茶倒水！」

「放心吧！」眾人大笑。

「那大家忙吧！我去會個客戶！」劉嘯說完，出了活動室，直奔另外一邊的會議室。

推門進去，劉嘯有點意外，裏面坐著的竟是華維的顧振東，他旁邊就是景程了，劉嘯沒想到會是這兩個人來找自己，尤其是顧振東，他會親自到軟盟來，估計誰也想不到。

劉嘯趕緊過去伸出手，「對不起，不知道是您兩位前輩過來，讓你們久等了，真是罪過！」

「不必客氣！」顧振東笑說，「我們今天是不請自來，有所叨擾，還要請你見諒呢！」

景程也說：「我們沒影響你工作就行！」

「怎麼會呢！」劉嘯趕緊招呼兩人坐下，又叫人來給沏茶。「上次在雷城蒙顧總盛情款待，心裏一直想找個機會酬謝，你們這次來海城就多待兩天吧，好讓我也盡一回地主之誼。」

「看來不給你這個機會都不行了啊！」顧振東笑說，「行，那我們今天就叨擾了！」

「您兩位這次來海城，是散心還是有什麼大生意要做？」劉嘯問道。

「哪有什麼大生意！」顧振東擺了擺手，「我們這次來，是專門來找你的！」

「找我？」劉嘯指著自己，「那有什麼需要我效勞的地方，請儘管吩咐！」

顧振東給景程遞了個眼色，就見景程咳了兩聲，道：

「你們軟盟最近推出的那個安全軟體非常好，只一個月的時間，市場就全被你們搞亂了，雖說國內的個人安全市場目前沒幾個賺錢的，但卻不能忽視了這個市場以後潛在的收益。你們第一次出擊這個市場，就憑著這款軟體一下拿下半壁江山，確實是厲害，讓我佩服之餘，又有些慚愧啊！」

「景前輩說的是什麼話！」劉嘯擺手，「華維安全業務的定位和我們軟盟不一樣，華維主要做的是企業級市場的安全，在這個市場上，我們軟盟同樣也是甘拜下風。再說了，我們這次也是走了個巧，之所以能這麼快打開市場，全是因為之前媒體的炒作。」

「媒體的炒作只是一方面，關鍵是你們的技術優勢！」景程搖了搖頭，「軟盟被辰瀚收購的時候，在新聞發表會上，我第一次聽你說起這個策略，當時我還以為你不過是在媒體面前偷換概念罷了，沒想到，你還真的做出來了。」

「後生可畏啊！」顧振東也是感嘆不已。

「您兩位今天來，不會是專門來誇我的吧！」劉嘯看著兩人，「我剛做出點成績，你們就這麼誇我，小心把我捧太高了，以後要是摔著了，我肯定得找您兩位麻煩的。」

「哈哈！」顧振東一擺手，「行，客套的話咱們就不說了，直接開門見山吧！」顧振東看著劉嘯，「我們這次來，是為你的那個策略級安全引擎而來的！」

景程怕劉嘯誤會，道：「上次在雷城，你曾提起過，說已經把你的策略級技術封裝成了一個安全引擎，而且有意要推廣這個安全引擎，我們這次來，就是為這個來的。」

「哦，我明白了！」劉嘯點頭，「你們想拿下我們這個安全引擎的使用權！」

「沒錯！」顧振東看著劉嘯，「怎麼樣，你覺得把這個安全引擎交給我們華維去開發，有沒有什麼問題呀？」

「問題是沒有！」劉嘯搖頭，「如果全世界的安全機構都能採用我們的安全引擎進行開發，我們軟盟高興都來不及呢，那我們就可以躺著賺了嘛！」

「話雖這麼說，但國內有實力的也就我們兩家，你不怕……」顧振東看著劉嘯。

「呵呵！」劉嘯笑著，顧振東真是老江湖，這句話看似是替軟盟著想，其實是在激將，你只要敢說不怕，那這事就沒有什麼退路了，「說句實話，我執掌軟盟後聽到的第一個消息，就是華維也要進軍國內安全市場，那時候不光是我自己害怕，就是出資方辰瀚，也是非常害怕的，可現在我們兩家不是和和氣氣地坐在這裏喝茶嗎？呵呵。」

顧振東一聽，大笑了起來，「這個我也沒有想到，那時候我是雄心壯志啊，以為國內市場是唾手可得。」

劉嘯說了實話，顧振東也就不好再拿捏，「那時候我可沒想要和自己的競爭對手喝茶，我想的是讓他們沒茶喝。」

「後來我就想通了，怕是沒有用的，害怕不過是自己在給今後的失敗預先找一個藉口罷了。我劉嘯只想做一件自認為應該去做的事，只要能堅持做下去，本身就是一種勝利，成不成功，其實都已經無所謂了！」劉嘯嘆道。

「你這話真是讓我慚愧啊！」顧振東嘆了口氣，「我闖蕩商海大半生，到現在，眼裏只剩下錢了，整天盯著錢，見識反倒不如你了。我現在也想通了，安全市場不是一個可以一家獨霸的市場，有人競爭，才會有進步，安全技術是一個永無止境的東西。如果市場只剩下一家在做，那其實是把這個市場做死了，因為人們需不需要安全技術，已經是無所謂的事了。」

「顧總看來一直都在研究這個市場，是花了心思的，很多人做了一輩子安全技術，到最後也不一定能想通這一點呢！」劉嘯道。

「唉，不得不花心思啊！你說的太對了，我們華維這次攤子鋪得大了，現在是想退都沒路可退，只能硬著頭皮往前走了！」顧振東無奈地說。

「對了，你們那個策略級產品，很快也要出企業版和專業版了吧？」景程問道。

「今天開會剛決定下來，明天就正式推出，這兩個版本是要收費的！」劉嘯也是無奈地說道，「要再這麼免費下去，我們就得等著關門了，得開始回收成本了。」

景程和顧振東兩人都有點意外，沒想到會這麼湊巧，兩人之所以急匆匆過來，一是看到了策略級產品在國內市場的強大號召力；二來就是怕軟盟推出企業版和專業版後，會對華維的市場造成衝擊，沒想到還是來晚了。

顧振東一皺眉，道：「那你看我們剛才說的……」

看來暫時受點衝擊已經是無法避免的了，事到如此，只能先把這個安全引擎的使用權拿下來，否則華維就跟國內那幾個做個人市場的安全商一樣，讓軟盟一瞬間就給擊垮了。

「我會儘快和公司其他負責人商議，應該沒有問題，推廣安全引擎，是我們早就制定好的計畫！」劉嘯一沉思，點頭說著。

「那就太好了！」顧振東總算是鬆了口氣，「如果成了，那我們今後就可以隨時這麼和和氣氣地喝茶了嘛！」

「呵呵！」劉嘯笑說，「不過，我們有一個顧慮！」

「但說無妨！」顧振東伸手示意劉嘯隨意說。

「我們安全引擎的使用權授予華維完全沒有問題，但華維的安全業務是跟賽門鐵克合作的，我們擔心賽門鐵克會借機拿我們的安全引擎在海外市場進行安全產品的開發。你知道，我們和這些海外安全機構最近有些摩擦，暫時還沒有授權給任何海外安全機構的打算。」

「這個絕對沒有任何問題！」顧振東早就料到劉嘯會這麼說，「如果你不放心，那麼就直接授權給我們華維總部，這樣賽門鐵克就沒有任何理由接觸你們的安全引擎，你看這樣如何？」

「那是再好不過了！」劉嘯點頭笑道：「你們不要笑我小心眼，實在是我現在非常反感這些境外的安全機構，暗地裏陰我們軟盟，這次要是不讓他們吃點教訓，我們軟盟肯定沒完！」

「有仇不報非君子嘛！我們都能理解，如果換了是我，我也不能容忍他們如此欺侮！」顧振東說。

「呵呵！那咱們這事就這麼先說定了，一旦公司通過，我就把安全引擎的相關標準移交給你們。」劉嘯道。

「希望我們今後能攜手共同把安全事業做大做強！」顧振東笑道。

劉嘯看了一下時間，想想今天該安排的事都安排好了，便道：「我們辰瀚的熊總，對顧總一直都是讚不絕口，非常仰慕。這樣吧，我現在去聯絡一下熊總，一來，咱們合作的事再去諮詢一下他的意見，二來，也好讓你們兩位商界大家好好地敘一敘。」

「咳！」顧振東擺手，「這是哪裡話，我們來海城，理應去拜訪熊總的，還聯絡什麼，你領我們過去就是了嘛！」

「這……」劉嘯一想，道：「那也好，如果他到時候沒有意見的話，我看這事八成就能定下來了！」

「事不宜遲，那咱們現在就過去吧！」顧振東還真是有點著急，明天軟盟就要推出企業版和專業版了，自己這邊能抓緊就抓緊吧！

「行，我給他打個電話，免得咱們白跑！」劉嘯掏出手機，給熊老闆撥了過去，熊老闆一聽顧振東要過來，非常高興，就讓劉嘯他們趕緊過去。

劉嘯領著顧振東二人直奔辰瀚大廈，熊老闆等在樓下大廳前，看見劉嘯的車子過來，立刻上前走到車子前，打開車門，熱情地說：「振東兄，可把你給盼來了！」

「漢卿老弟，我叨擾你來了！」顧振東一下車，就和熊老闆緊緊握手，兩人都是一臉惺惺相惜的表情，看來是神交已久了。

「振東兄今日光臨辰瀚，辰瀚真是蓬蓽生輝！」熊老闆還是不肯鬆手，「早就知道振東兄在雷城的生意做得大，你手底下的華維更是全球知名的大品牌，愚弟早該過去拜會你了，今天卻讓你來看我，真是慚愧至極啊！」

「不說這些，不說這些！」顧振東笑說，「你這辰瀚集團也是響噹噹

的，我早就聽很多人提起過你海城『第一儒商』的名頭，今日一看，果然是一番好氣象啊！」

「來，快裏面請！」熊老闆回頭看見了景程，這是他早已見過的，就道：「景總也請進！」

一行人進了熊老闆的辦公室，秘書把茶沏好，熊老闆親自給顧振東倒了一杯，「我聽劉嘯說你是喝茶的行家，所以一得知你要來，我就備下了好茶葉，你來嘗嘗剛沏好的茶，看看滋味如何！」

「費心了！費心了！」顧振東客氣地接過來，然後吹了口氣，細細嘬了一口，品玩一番，道：「極品，這是最正宗的極品大紅袍！」

「行家！行家！」熊老闆笑說，「看來劉嘯沒有誆我，今天是遇到了同道中人啊！上次你讓劉嘯給我捎來的雷城特產的極品茶葉，我也嘗了，和我這極品大紅袍各有千秋。」

顧振東一聽，就知道劉嘯是借花獻佛，把茶葉送給了熊老闆，當下也沒有說破，道：「早知道你喜歡喝，那我這次來，應該再帶一些的。」

「足夠了，足夠了，再多喝不了也是浪費掉！」熊老闆笑著推辭。

「我聽說熊老弟最近要在封明投資，是怎麼回事？」顧振東問道，對於國內的一切動態，看來他都有所耳聞，只是不太清楚罷了。

「嗯，是啊，封明那邊要搞個高新開發區，前景不錯，我和封明的張氏集團在那裡聯合搞了個公司，接了一些基礎建設方面的案子，這不，我才回來海城兩三天，過幾天還得過去那邊呢！」熊老闆笑說。

「熊老弟的眼光一向都是很準的，看來這次又要賺不少了吧！」顧振東繼續啜著茶。

「如果換了其他項目，我肯定會自謙，但在封明這個開發區，我倒是要勸勸振東兄了，如果你有機會的話，真的應該去那邊看看，前景非常好，你可以在那裏投點錢，將來絕對會賺！」

「有機會的話，我一定過去，別人說的我可以不信，漢卿老弟的話我是絕對要相信的！」顧振東點頭。

「對了，封明那邊現在怎麼樣了？」劉嘯好奇，隨口問了一句。

「形勢大好！」熊老闆站了起來，走到辦公桌前拿了一份名單，遞給劉嘯，「這是已經確定要投資的企業名錄！其實還有好多家要來，只是這次審查非常嚴格，稍微有一點不符合資格的，都不能進駐，比如說污染、輻射、效率低，甚至是經營不善、自有資金不足的，統統都不能進駐。現在要求進

駐的企業太多，必須把保證金先匯過來，才算是能排上隊，口頭上的聲明根本都不作數了。」

「不會吧！」劉嘯翻了翻那些企業的名錄，很多都是上次參加奠基儀式的企業，各個都是大有來頭，他有些想不明白，道：「這才不過一個月的時間，怎麼變化這麼大啊！」

「這些回頭再跟你細說！」熊老闆笑呵呵地道，然後又問顧振東，「振東兄，你這次來海城，是有什麼事情要辦吧！」

「哦，是這樣的！」劉嘯趕緊放下那個名錄，先把顧振東今天的來意說了出來。

誰知熊老闆沒等劉嘯說完，只聽了個大概就道：「我沒有意見，我早就說過了，軟盟的任何事情，你自己拿主意就行了，不必再另行諮詢我的意見，這事你覺得可行，那就去做便是了！」

「該諮詢的還得諮詢！」劉嘯說，「如果你沒有什麼意見的話，那我回頭就交由公司討論通過了！」

「可以，你自己斟酌著辦吧！」熊老闆似乎是不願意摻合軟盟的事。一旁的顧振東笑了起來，「軟盟這麼大的產業，熊老弟完全放心地交給劉嘯去做，這份信任和豁達，倒是讓我佩服！」

熊老闆擺了擺手，「振東兄過獎了，你要誇，還是誇劉嘯吧！是劉嘯讓人省心，他雖然是年輕了點，可他辦事向來有數，認識他這麼久，不管大事小事，凡是他給我打了包票的事，就沒有辦不成的，軟盟交給他去做，是最明智的選擇，如果讓我去做，是絕對做不到劉嘯那麼好的。」

顧振東不由嘆了口氣，「我和劉嘯也是相見恨晚吶，如果我能在你之前認識他，我現在也就不用如此操心了！」

「一樣的！」熊老闆笑道，「我手底下這攤子事，也就軟盟讓我省心，你看這封明的事，還不是得我事事躬親嗎？你我都一樣，天生勞碌命！」

顧振東笑了起來，不過心裏隱隱還是有些失落，兩人同樣是商界的大家，可自己在用人識人上，確實還差了熊漢卿一截。

「對了！」熊老闆突然問劉嘯，「說到你，我突然想起一件事，牛蓬恩這兩天找你沒有？」

「沒有啊！」劉嘯一愣，「他找我有事？」

「我也是聽你嫂子說起，說牛蓬恩最近經常在麻將桌上問起你，好像是有什麼事要找你，你有空的話，應該經常聯絡聯絡他！」熊老闆抿了口茶，笑道：「你剛來海城的時候，在老牛的公司落過草，他是什麼人，你也很清楚，雖然粗俗貪財，但人品不壞，上次你出事，他還主動為你開脫，雖然最後弄巧成拙，但出發點卻是為了你，這樣的人還是值得交往的。」

「牛哥對我不錯，我全都記著呢，就是最近實在太忙，一直沒抽出空去看他。」劉嘯回說，「他家我知道，晚上我過去一趟！」

熊老闆至此不再談劉嘯的事，專心和顧振東話起家常，一番暢談下來，把旁邊劉嘯和景程聽得都快睡著了。

最後看看時間不早，熊老闆才打住了話頭，「我在酒店訂了宴席，為振東兄接風，時間差不多了，我們過去吧！」

劉嘯和景程一聽到吃飯，這才來了點精神，兩人二話不說就站了起來。

顧振東一看，也只好站起來，「那就讓熊老弟破費了！」

「我讓秘書先領你們過去，我把手頭東西整理一下，隨後就到！」熊老闆說著，走到辦公桌前按了個按鈕，他的秘書走了進來，熊老闆一頓吩咐，秘書便把顧振東和景程領出去了。

「劉嘯，你先等一下！」熊老闆按住了劉嘯。

「有事啊，熊哥？」劉嘯回頭看著熊老闆。

熊老闆沒說話，只是走到自己的辦公桌前，拉開抽屜，從裏面翻出一個大的檔案，然後看著劉嘯，道：「你坐下，我有件事要跟你說。」

劉嘯一陣納悶，「什麼事啊？」

「其實這件事我早想說了，只是一直沒找到機會，剛好今天顧振東過來，我看就跟你說了吧！」熊老闆坐到了劉嘯身邊，「你還記得當初華維要收購軟盟的事嗎？」

劉嘯點點頭，「記得啊，不過那事不早都過去了嗎？」劉嘯凝眉問道：「熊哥，你是不是不同意我把安全引擎交給華維使用啊？」

熊老闆擺了擺手，「我說了，只要你認為是對的，那就去做，我沒有意見。」

這下劉嘯懵了，「那你今天怎麼突然提起這事呢？」

熊老闆沉吟了半天，道：「當初華維找到老張，提出要以兩倍的價格收購軟盟，老張聽了便有點鬆動的意思，其實我當時也有些拿不定主意，還專門找你談了一次。」

「是有這事！」劉嘯點頭，越發摸不著頭腦，熊老闆今天怎麼突然翻起了這些陳年舊事啊。

「聽了你的話之後，我特地去了一趟封明，勸老張不要慌，不要把軟盟出售給華維。回來後，就召開了正式的新聞發表會，向外界宣布是辰瀚集團收購了軟盟，而不是之前的高新建設投資集團，我當時說，這是為了不走漏封明要建開發區的消息，其實我是撒了謊。」

「呃？」劉嘯很是意外。

「我到封明找老張的時候，華維的人也在，他們已經把老張給忽悠暈了，加上老張根本不懂安全這一行，出於謹慎考慮，決定把手裏六成的軟盟股份轉讓給華維。好在我來得及時，阻止了這事，但老張當時已經沒有再做軟盟的心思，於是我把老張手裏的六成股份收購了過來，變成了由辰瀚完全控股軟盟。」熊老闆看著劉嘯，「所以，當時新聞發表會上宣布的完全沒有錯。」

劉嘯顯然是被打擊到了，他沒想到張春生會如此反覆，其實自己早就應該想到了，張小花也早就說過，張春生這輩子從來都是只做他自己熟悉的領域，看來那時選擇張春生，真是個天大的失誤，差一點就辜負了龍出雲對自己的信任。

「老張是個商人，他得為自己的投資考慮，儘量規避風險，這事也不能怨他！」熊老闆嘆了口氣，「當時軟盟剛接手過來，內憂外患的，我怕這事會打擊到你，就沒把這事告訴你。」

劉嘯長嘆一口氣，「算了，這事已經過去了，好在沒造成什麼損失，以後就不提了！」

劉嘯很無奈，再提又有什麼意思呢，就衝自己和張小花的關係，自己也不能把張春生怎麼樣，這事只能當作沒發生過。難怪這麼久以來，張春生對於軟盟的運作不聞不問，劉嘯之前還有些納悶，現在終於明白了。

「不提最好，不提最好！」熊老闆接著道：「你是軟盟的總監，按照慣例，你應該擁有軟盟的一部分股份，所以我把軟盟一成的股份劃到了你的名下，後來封明搞開發區的事情也定了下來，因為你的消息，才讓我在那裏占得了先機，我就又把一成的股份劃到了你的名下，這樣一來，你名下就有了軟盟兩成的股份。」

「啊！」劉嘯大驚，這事自己一點都不知道，一驚之下，劉嘯站了起來，「你怎麼不和我說一聲，這太多了！」

第二章　變相求和

「我完全相信！」熊老闆拍了拍劉嘯的肩膀，然後站了起來，「想當初，華維是如何地盛氣凌人，再看看今天，華維的顧振東能親自到軟盟來尋求合作，為的是什麼？為的是尋求軟盟的技術支援，這就是一種變相的求和！」

「一點都不多！」熊老闆把劉嘯給按了下來，「你聽我說完！如果你僅僅是作為軟盟最高層的管理者，擁有兩成股份或許會多，但你不同，你既是管理者，又是軟盟核心技術的開發和擁有者，沒有你，可以說軟盟什麼也不是。在安全領域內，管理是次要的，技術才是製造財富的原動力，就拿華維來說吧，它和賽門鐵克合作，華維出資十多億，而賽門鐵克不過是提供技術，就占了華維安全業務百分之四十九的股權，所以，我昨天又把軟盟四成的股份劃到了你名下！」

劉嘯一聽，直接崩潰，這麼算下來，自己不明不白就已經擁有了軟盟六成的股份了，這讓劉嘯有些惶恐，「這不行，兩成已經夠多了！再說，我接手軟盟不過半年，什麼成績都還沒幹出來呢，怎麼能拿這些股份，熊哥你還是收回去吧，等將來軟盟真的做大了，你再給我也不遲！」

「已經劃過去了，我是不會再收回的！」熊老闆一拍大腿，「你這個人就是太過厚道，其實這都是你該拿的，你的技術絕對值這個數，再加上你和我之間的這層關係，我就更不能占你的便宜了，你要是推辭，那就是在嘲笑我，是在羞辱我。」

劉嘯張大了嘴巴，不知道該說啥好。

「這是股權證明！」熊老闆拿出了剛才那個大本子，「今天我就交給你了，你佔了軟盟六成的股份，是不折不扣的大股東，以後有什麼事，自己決定就行，不要老來問我。」

「這……」劉嘯沒接，撓著頭，這實在太突然，他不知道該怎麼辦了。

「你小子！」熊老闆把那股權證放在劉嘯面前的桌子上，「我投的那些錢以後能不能收回來，就全看你了！」

「肯定能！」劉嘯終於憋出了一句還算是完整的話，「肯定能！」

「我完全相信！」熊老闆拍了拍劉嘯的肩膀，然後站了起來，「想當初，華維是如何地盛氣凌人，再看看今天，華維的顧振東能親自到軟盟來尋求合作，為的是什麼？為的是尋求軟盟的技術支援，這就是一種變相的求和！」

熊老闆踱了幾步，使勁搖著頭，「這才短短幾個月的時間吶，簡直讓人不可思議啊！我縱橫商海幾十年，像這樣勢力如此懸殊的以小搏大，最後又能取得完勝的事，我還是第一次碰到，對於軟盟，對於你，我是充滿了信心。事實證明，我在軟盟的投資，是非常明智的。就算不為別的，咱能讓顧振東服軟，我這錢花得也值啊！哈哈哈！」熊老闆說完，爽朗地笑了起來，

商海拼鬥這麼多年，現在熊老闆、顧振東這些人都算是功成名就了，他們爭的往往已經不是錢，而是名，是個誰先誰後、誰高誰低的問題了。

熊老闆看劉嘯還愣在那裏，就道：「別發愣了，顧振東他們還在酒店等著呢，趕緊走吧！」

「我就不去了！」劉嘯看著那疊股權證明，「我現在腦子有點亂，熊哥你去吧，看見他們，就說我回公司商議跟他們合作的事去了。」

「你呀！」熊老闆無奈地笑了兩聲，「那我就先走了！回頭有空我再找你聊！」

熊老闆走了好久，劉嘯都還沒有回過神來，自接掌軟盟以來，雖然說是麻煩不斷，但劉嘯一直十分努力，每天想的都是怎麼去做大軟盟，實現自己的夢想，也創造一個屬於中國駭客的奇蹟，從來就沒有想過什麼錢和股權之類的東西。

在劉嘯看來，如果當初沒有熊老闆收購軟盟，那自己就不可能執掌軟盟，更不可能會有這個實現夢想的平臺，熊老闆對自己是有恩的，自己絕不能辜負了熊老闆的這份情義。

這也是支撐劉嘯堅持下來的一個理由，他從沒想過要伸手向熊老闆索取什麼，而熊老闆今天一下子給了劉嘯六成軟盟的股份，劉嘯非但不覺得驚喜，反而覺得壓力更大了，肩上的單子莫名沉重了一些。

也不知道坐了多久，劉嘯才長長地嘆了口氣，從沙發上站了起來，看來這股權自己是還不回去了，算了，那就暫且放自己這裏吧，劉嘯伸手把股權證書拿了起來，在手裏來回反覆了兩遍，最後收到了包裏，「為了熊哥，也為了自己，看來自己還得再加把勁吶！」

劉嘯說奈地搖了搖頭，關好門，離開了熊老闆的辦公室。

到了辰瀚大廈樓下，劉嘯突然又不想回公司了，想了想，直奔牛蓬恩的公司去。

劉嘯輕車熟路摸到了公司門口，門口掛著的牌子沒變，還是「NLB科技有限公司」。

劉嘯推門進去，就見馬姐正插腰站在中間，幾個小職員耷拉著腦袋，大概剛被馬姐給訓了。

「馬姐，跟誰生氣呢？」劉嘯笑呵呵地問道。

馬姐回頭看見劉嘯，插腰的手就放了下來，道：「最近公司業績不景氣，這幾個傢伙不趕緊去拉業務，卻趁我不在公司，在辦公室裏玩起了牌。」

劉嘯環視一圈，「牛哥呢？」

馬姐把劉嘯按在椅子上，「你牛哥剛出去，說是買飯去了，估計就快回來了。」

馬姐話音剛落，就見牛蓬恩提著幾個飯盒走了進來。

一見劉嘯，牛蓬恩頓時一臉欣喜，「哎呀，劉嘯，你什麼時候來的？吃飯了沒有，我這剛買的飯盒！」

劉嘯一摸肚子，道：「我還真餓了呢，你不說我都忘了要吃飯了！」

「那一塊吃，一塊吃！」牛蓬恩趕緊把飯盒都擺在桌上，「我知道你現在是個忙人，但再忙也要吃飯啊，要是這麼熬下去，身體就要垮了！」

「那我就不客氣了！」說完，劉嘯就打飯盒吃了起來。

「對了，我剛才聽馬姐說，最近生意不太好？」

「唉！」牛蓬恩重重地嘆了口氣，「剛開始還可以，你走的時候簽下來的那款防火牆確實還挺火的，但安全產品就是這樣，新產品出得太快，舊產品要是不及時更新，就要被淘汰，當時覺得還很先進的防火牆，這才多長時間就落伍了，賣不動了！」

「那你有什麼打算？」劉嘯看著牛蓬恩。

「走一步看一步吧！」牛蓬恩笑了笑，「實在不行，我就搬回咱那老地方，重新幹老本行唄！」

「那地方你還沒待夠啊！」劉嘯笑了起來，「好不容易混出點名氣了，怎麼也不能走回頭路。我明天要推出兩款新產品，牛哥有沒有興趣？」

「太有興趣了！」牛蓬恩一激動，把筷子都掉到了桌子上，「我早就打聽過了，大家都說你們軟盟的產品好，都等著你們的新產品上市呢，我也想過去找你，就是……就是……」

牛蓬恩嘿嘿笑著，把筷子撿起來，「我上次本想幫你忙，結果卻害你待了兩天警察局，我一直覺得過意不去，不好意思去找你！」

「我的牛哥，你是想慚愧死我啊！」劉嘯拍了拍牛蓬恩的肩膀，「我劉嘯就是再渾，也能分出個好歹的，你待我好，對我有情義，我這輩子都不會忘！」

「是我錯了，是我錯了啊！」牛蓬恩連連搖頭，「我這是把自己兄弟往不堪處想了，是我渾啊！」

「算了，咱不說這個了，以後都不要再提這事了！」劉嘯攔住了牛蓬恩的話頭，「就說現在這事，牛哥真有興趣的話，那我就把新產品的代理銷售權給你。」劉嘯一思索，道：「我看就海城的代理權吧，軟盟在海城市場經營多年，有基礎，客戶也多，你做起來也好做一些，只要在全市設上幾個點，客戶就會自己找上門來的。」

「你要我怎麼謝謝你呢，把這麼好的差事交給我！」牛蓬恩激動地搓著手，「你這可是救我一命啊，不然我都不知道今後該怎麼做了！」

「咳！」劉嘯把牛蓬恩按住，「再怎麼說，我也做過NLB的技術總監啊，當時我半路給你撂了挑子，心裏一直挺愧疚的，現在能為NLB做點什麼，我也很高興，覺得心裏也會好受一點！」

劉嘯把剩下的幾口飯扒完，然後說：「那我就先走了，牛哥你也趕緊準備一下。」

「我馬上就辦，我保證明天全市各個區都有咱們的銷售點！」牛蓬恩這下也急了，飯也顧不上吃，拖著劉嘯一起出門，他得趕緊去找店面。

看著牛蓬恩風風火火走遠了，劉嘯不由感慨了起來，熊老闆說得不錯，他能為幫了自己一次倒忙而難過這麼久，就衝這點，牛蓬恩這個人的確值得交往。

接下來的幾天，劉嘯天天都和硬體開發組的人待在一起，大家集思廣益，設計出一款超越以往所有產品的新式硬體防火牆。

劉嘯這天和往常一樣，早早到了公司，到辦公室處理了一下文件，然後便準備到硬體組去看產品開發的進度。

剛一起身，商越走了進來，「劉總，有消息了，我找到那些傢伙的攻擊目標了！」

「目標是誰？」劉嘯趕緊問道。

商越往劉嘯辦公桌前一走，撥動著桌上擺著的那個地球儀，然後指著歐洲中央一處非常小的板塊，「就是這裏！」

劉嘯一看，不禁有些失望，「怎麼會是這？」

很顯然，這個國家實在是太小了，在地圖上只有綠豆大的一塊，劉嘯實在想不出攻擊這個國家能造成多大的影響，劉嘯很失望，這和自己預想的差太多了。

「你的消息沒有錯吧？」劉嘯抬頭看著商越，「他們買那麼多的殭屍網

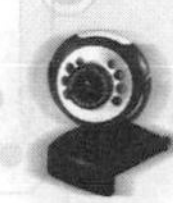

路，就為攻擊這麼個巴掌大的國家？」劉嘯的意思是，這有點大材小用了。

「應該不會錯！」商越肯定地點了點頭，「我最近加強了對歐美駭客比較集中的論壇、聊天室的監控，發現了一些蛛絲馬跡，這些來自不同駭客組織的成員不約而同地，在有意無意間提起過一個相同的攻擊計畫。」

「什麼攻擊計畫？」劉嘯來了興趣，「你慢慢說！」

「這些駭客成員曾提到，將於下個月九號發動一次讓全世界都震驚的駭客攻擊，攻擊的目標是個代碼，我分析了這個代碼，最後得出可能是這個國家——愛沙尼亞。」商越又道：「之前我曾冒充殭屍網路的出售方，和那些收購殭屍網路的人有過接觸，他們租用殭屍網路的時間，剛好也在下個月九號前後。時間上出奇的一致，讓我斷定，這些收購殭屍網路的人，和那些曾提起過神秘攻擊計畫的人應該是一夥的，他們的攻擊對象是愛沙尼亞，發起攻擊的時間，就是下個月九號了！」

劉嘯皺眉沉思著，這兩個時間上的巧合，倒是可以作為一個解釋，但也不完全能解釋得通，為什麼這些駭客組織同時盯住了一個小小的愛沙尼亞呢，那裏不至於有什麼東西能惹得這些駭客組織集體發怒吧。

「他們為什麼要去攻擊愛沙尼亞呢，總有個理由吧？」劉嘯問道。

商越把地球儀撥回來，指著愛沙尼亞道：「你仔細看看愛沙尼亞的位置，看出什麼沒有？」

劉嘯盯著看了半天，然後搖頭，「我沒看出什麼特別來。」

商越「呵呵」笑著，然後給劉嘯指道：「愛沙尼亞雖然地方不大，但地理位置很特殊，緊靠波羅地海，是連接中東歐和南北歐的十字通道，因為地理位置的重要性，歷史上曾被很多歐洲強國佔領過，其中沙俄佔領的時間最長。愛沙尼亞宣示獨立後，還曾被蘇維埃俄國宣示過主權，直到蘇聯解體後，愛沙尼亞才算是真正獨立，後來，愛沙尼亞加入了北約和歐盟。別看愛沙尼亞小，可這個小國，卻是歐洲所有國家中，網路化最徹底、網路辦公發展最迅猛的一個，在愛沙尼亞，人們的所有日常行為，七成以上都要依靠網路來完成！」

「這和駭客攻擊有什麼關係？」劉嘯問道，他還真沒有關注過這個綠豆粒大的歐洲小國。

「因為歷史原因，愛沙尼亞一直都不太平，國際幾大政治勢力對愛沙尼亞都是明爭暗鬥，特別是在愛沙尼亞加入歐盟後，明面的爭鬥沒有了，但暗地裏的摩擦卻是不少。我查了一下過去的記錄，愛沙尼亞這幾年，每年都會發生不少的駭客攻擊事件。」商越道。

「你是說這次的駭客攻擊，也與歷史、政治有關？」劉嘯問。

「很有可能！」商越點頭，又道：「你看咱們現在要怎麼辦？還要不要發風險預警？」

劉嘯撓了撓頭，想了半天，「算了，風險預警就不要發了，免得到時候再把咱們給牽扯進去，咱們是做生意的，不摻和他們的事，引火上身的事不做。」

「那咱們這段時間做的準備和計畫怎麼辦？」商越看著劉嘯，「難道就這麼算了？」

「當然不能算了，那咱們不是白忙活了嘛，咱們是不摻和這事，但這不是說就借不上這事的光了！」劉嘯捏著下巴，沉吟道：「看來咱們得重新想個計畫，既不摻和這事，還能借著這事把咱們的知名度打出去，一舉打破那些歐美安全機構對咱們的聯合封鎖。」

「那現在怎麼辦？」商越問。

「你繼續監控，我還繼續搞咱們的產品，辦法慢慢再想，距離下個月九號，還有半個月的時間呢！」劉嘯一時想不到什麼好辦法，只好先按部就班做好本職工作了。

「那我先走了！」商越說著就準備離開。

「劉……劉總……」接待美眉此時慌裏慌張跑了進來，一手指著外面，「劉總，有人……有人找你！」

「找就找，你慌什麼！」劉嘯也被接待美眉那慌張的神色搞迷糊了。

美眉壓低了聲音，緊張地道：「是上次來咱們公司的那個人！」

「哪個啊？」劉嘯越發糊塗了。

「就那個帶很多保鏢、胖乎乎的那個，他又來了！」美眉看著劉嘯，「你看……你看要不要……」她的意思是，看要不要報警。

誰知劉嘯一聽，頓時大喜，從椅子上跳了起來，一拍腦門，「我怎麼把他給忘了，太好了！」劉嘯看著商越道：「我有主意了，咱們這次能不能成功，就全落在他的身上了！」

劉嘯直奔辦公室門口而去，嘴裏一邊喊著：「老錢，老錢！」

商越和美眉對視一眼，都不知道劉嘯在搞什麼，兩人一臉茫然。

兩人聳聳肩，準備出去忙自己的事，一回頭，見劉嘯又奔了回來，對接待美眉道：「快，你到附近找一家五星級的酒店，把他們最貴最好的奶茶叫

兩杯過來！要快啊！」

劉嘯推開會議室的門，就看見錢胖子正趴在窗臺上往外看風景呢。

「老錢，我可把你給盼來了！」劉嘯快步走了過去，在錢萬能肥厚的背上拍了一把，「你什麼時候回來的，怎麼也不事先通知我一聲！」

錢萬能回頭笑說，「回來好幾天了，先到封明走了一趟，知道你肯定在盼著我，就趕緊過來了！」

「封明的事安排好了嗎？」劉嘯問道。

「安排好了，張小花的動作還真是迅速啊，所有的手續都替我辦好了，進山的路也已經開始修了！」錢萬能摸著自己的肚皮，笑呵呵地說：「你呢？你那個什麼反擊的計畫到底準備得怎麼樣了，怎麼連個消息都沒有？老婆大人還問了我好多次呢！」

「萬事俱備，只欠老錢你這東風了！」劉嘯笑道。

「哦？」錢萬能來了興趣，「說說，你準備怎麼做，要我做些什麼？」

「別的以後再慢慢說，我先問你，你在愛沙尼亞有認識的人嗎？」劉嘯看著錢萬能。

「愛沙尼亞？」錢萬能摸著肚皮，好半天才回過神來，大概是終於想起了這個國家是在地球的哪個位置，「那個小地方，你問這個幹什麼？」

「這個我回頭再給你解釋，你先告訴我有沒有？」劉嘯急問。

「一定有！」錢萬能說得很肯定，「只要是有人的地方，就有我錢萬能的人！」

「太好了！」劉嘯大腿一拍，站了起來，「那就妥了！」

「什麼就妥了啊！」這下換錢萬能急了，他還一頭霧水呢，根本不知道劉嘯在說什麼，「你給我說清楚啊！」

「呵呵！」劉嘯笑著坐下，「別急，這事得慢慢說，我讓人給你買奶茶去了，等奶茶來了，我給你慢慢說。」

「好好好！」錢萬能樂了，「邊喝邊聊比較好！」

兩天後，方國坤看著手下的報告一臉納悶，站起來圍著桌子踱了兩圈，然後又看了那報告一眼，「愛沙尼亞？」

小吳站在一旁，也是十分困惑，「報告不會錯，劉嘯確實是兩個小時前申請去愛沙尼亞！」

方國坤抬頭盯著辦公室牆上掛著的那張世界地圖，沉吟道：「他去愛沙尼亞幹什麼？」

「說是去做生意，愛沙尼亞領事館也和他們國內核實過了，是愛沙尼亞那邊有人給軟盟發的邀請，讓劉嘯過去談一筆安全上的生意！」小吳說完，「頭，你看是不是放行？」

「我看做生意是假的！前兩天，錢萬能去找了劉嘯，劉嘯從愛沙尼亞拿簽證的速度如此快，我看這是錢萬能幫他搞的。」方國坤坐回椅子裏，捏著下巴。

「你是說，劉嘯去愛沙尼亞，是幫錢萬能辦事？」小武問道。

「這很難說啊，只是有點太巧了，錢萬能找完劉嘯，劉嘯就提出申請要去愛沙尼亞，這裏面肯定有什麼關係！」方國坤皺著眉，「愛沙尼亞，愛沙尼亞，這個愛沙尼亞有什麼呢？」方國坤一抬頭，「愛沙尼亞最近有什麼事發生嗎？」

小吳想了一下，「事倒是有，但似乎和劉嘯、錢萬能都扯不上關係！」

「什麼事？」方國坤問道。

「愛沙尼亞的首都有一座蘇聯時期建的紀念碑，是前蘇聯為了紀念解放愛沙尼亞首都而修建的，最近愛沙尼亞執政黨提出要拆除這座紀念碑，這引起了俄羅斯等國的強烈不滿，現在似乎正鬧著呢，兩周後，愛沙尼亞政府會正式宣布處理結果！」小吳說。

「錢萬能是從不摻合政治的！」方國坤搖了搖頭，「難道是我多慮了？劉嘯去那裡真是去談生意？」

小吳想了片刻，道：「目前我們也找不到其他的解釋了！」

「算了！」方國坤一擺手，「你給海關答覆下去，放行！」

「是！」小吳一立正，然後道：「那我去了！」

「對了，劉嘯去愛沙尼亞的準確時間是什麼時候？」方國坤問道。

「一周後！」小吳答道。

「好，我知道了！」方國坤一擺手，「你去忙吧！」等小吳一出去，方國坤就又靠在椅子裏皺眉思索，「真是去做生意？」

方國坤還是覺得劉嘯這個舉動有點突然，愛沙尼亞這種小地方，能有什麼生意，再說了，上次黑帽子大會，劉嘯都沒有親自去呢，這次為什麼又要親自出馬呢。

一個星期後，劉嘯出現在海城國際機場門口。

到達愛沙尼亞首都塔林後，錢萬能安排好的人已經等在了機場外面，順利地接到了劉嘯。

「你好，劉先生，我是你這次愛沙尼亞之行的全程嚮導和翻譯，我叫威爾！」

威爾是典型的歐洲人，卻能說一口流利的中國話。

「麻煩你了，威爾先生！」劉嘯笑著和威爾握了握手。

「車在那邊停著，請跟我來！」威爾又說，「我一星期前就接到了上面的命令，一切都已經幫你安排好了！」

「我什麼時候能見到我要見的人？」劉嘯問道。

威爾看了看時間，「今天下午，劉先生就能見到愛沙尼亞國家電腦回應小組的主管Hillar先生。現在時間還早，我先送你去酒店，你可以休息下，下午我會來酒店接你！」

「好，謝謝你了！」劉嘯跟著威爾上了車，車子駛出半個小時後，就進入了塔林市區，最後停在一座外觀很古樸的酒店門口。

威爾幫劉嘯把東西放進房間便離開了，劉嘯把下午見Hillar時要用的資料拿出來，放到一起，然後準備休息。眼光一瞥，發現房間內還有一台提供給住客使用的電腦，心裏有點好奇，就過去打開了電腦。

流覽一下，劉嘯才發現商越所說的並不誇張，愛沙尼亞的資訊化程度確實非常高。劉嘯剛一入住酒店，在愛沙尼亞一些酒店預定網站，便能查到劉嘯現在所住的這個房間已經有人入住，並提供了一些簡單的資訊，比如說客人入住的時間以及預定退房的時間。在酒店的內部網站，還能查到劉嘯的身分資料，可以幫客人預訂車子、航班之類的服務。

劉嘯用酒店的電腦點閱外部的網站，發現這些網站都能自動識別出劉嘯來自酒店的某某房間，劉嘯不用註冊帳號，也能在這些網站購物消費，費用會自動計入在酒店的帳單裏。

劉嘯搖搖頭，這樣做，看起來是很方便，但也存在很多安全方面的隱憂，如果入住的客人是位駭客，他完全可以把所有費用都轉嫁到別人名下。不過話說回來，客人中出現駭客高手的機率，怕也是萬中無一吧。

愛沙尼亞敢採取這種信用方式，看來一是對自己的安全識別措施相當有自信；二是在這方面有很長時間的嘗試和經驗了。

「看來這次來這裏，真是來對了！」劉嘯關掉電腦，躺到床上，準備休息一下，一路顛簸，確實有點累了。

迷迷糊糊之間，他似乎聽見有人按門鈴，爬起來一看，知道應該是威爾到了，於是趕緊開了門。

「劉先生！」站在門外的果然是威爾，「時間差不多了，我們該去見Hillar先生了！」

「好，你稍等一下！」劉嘯進屋整理了一下儀容，拿起自己的皮包，和威爾一道下樓去。

車子朝市中心駛去，威爾一路給劉嘯介紹著看見的一些標誌性建築。路過一個廣場前，劉嘯看見有不少人舉著牌子站在那裏，似乎是在抗議什麼。

「這些人在幹什麼？」劉嘯問道。

威爾往更遠的地方一指，道：「那邊的一組塑像，你看到沒有？」

劉嘯這才看見那些人的身後有一組塑像，於是點了點頭，道：「看見了，這些塑像看起來有點眼熟。」

「這是蘇聯紅軍的塑像，」威爾解釋著，「愛沙尼亞以前是屬於蘇聯的，這座塑像也是蘇聯時期修建的，現在愛沙尼亞政府想把這座塑像拆掉，引起很多人不滿。在這裏抗議的人，大多都是俄羅斯人。」

劉嘯「哦」了一聲。

車子在廣場前穿過，然後停在一座紅色大樓前，威爾停好車，領著劉嘯進了大樓。

「這裏就是愛沙尼亞政府的電腦回應中心了，整個愛沙尼亞網路的安全，全靠這座大樓的人來負責，可謂是國家安全核心所在，因為愛沙尼亞的資訊化程度很高，比如我剛才在外面停車，看似沒有人來收停車費，其實你什麼時間停在那裏，什麼時間離開，都已經被記錄了下來，到時候停車費會自動從你的信用卡裏扣除，其他像水電費、通訊費之類的也是一樣。」

劉嘯點了點頭，原來是這麼回事，看來愛沙尼亞人的生活凡事都離不開網路。

兩人上了三樓，寬敞的走廊裏設了一個秘書席，一個金髮碧眼的美女正坐在那裏。

威爾過去，把自己的名片遞上去，「我們要見Hillar先生，預約好的！」

美女在電腦上敲了幾下，隨後站了起來，「請跟我來，Hillar先生已經在等著你們了！」

往裏走了十多米，來到一扇門前，美女敲了敲門，聽見裏面有了回音，便推開門，對劉嘯和威爾道：「兩位請進！」

Hillar先生似乎不到四十歲的樣子，看起來不像歐洲人，倒像是中西亞那裏的人，他看見兩人進來，便從辦公桌前走出來，對著兩人一伸手，「兩位請這邊坐吧！」說完，朝一旁的會客區走去。

「兩位的來意我已經知道了，政府設備採購處的主管已經跟我通過電話！」Hillar一坐下，先替劉嘯把話說了。

「那Hillar先生的意見是？」威爾看著Hillar。

「威爾先生是我們政府的好朋友，你提供的設備，我們肯定會予以重視的。但我們對於採購的設備有著嚴格的要求，相關的測試還是要做的，如果達到我們的安全標準，我本人沒有任何意見，完全按照採購處的計畫來做就是了！」Hillar多餘的廢話也不說，反正就一個意思，能不能採購你的設備，得看設備是不是通過檢測。

威爾微微頷首，然後指著劉嘯，道：「這位是來自中國軟盟科技公司的劉先生，這次的設備就是他們負責開發和設計的，關於設備的具體情況，就由劉先生跟你介紹一下。」

「軟盟？」Hillar頓時眼神一亮，「是黑帽子大會上的那個軟盟？」

劉嘯笑著點了點頭，「Hillar先生對於安全界的動態倒是很關注啊！」

Hillar搖了搖頭，「不是關注，而是我今年也參加了黑帽子大會，我本來是衝著西德尼先生虛擬攻擊的演講去的，沒想到西德尼的表演剛給了我一個震撼，軟盟緊接著就又給我一個更大的震撼！今年的黑帽子大會，給了我太多的意外，令我終生難忘！」

「看來是我們軟盟攪亂了Hillar先生原本的計畫，實在是抱歉得很！」劉嘯笑了起來。

Hillar擺了擺手，「其實我當時也很矛盾，我想知道虛擬攻擊的原理，但又不願意西德尼當眾宣布出來，還好，你們的產品阻止了西德尼，我想很多像我這樣，坐在這個位置上的人，都應該感謝你們軟盟。」

「感謝倒是用不上，只要你們不記恨我們便是了！」劉嘯笑呵呵地看著Hillar。

「那劉先生此次來，應該就是來推銷你們黑帽子大會上展示的那款產品吧？」Hillar難得露出了笑容。

劉嘯搖頭，「可能要讓Hillar先生失望了，我這次來，並不是要推銷那款產品，而是要向你介紹一款新產品！」

「新產品？」Hillar有些意外，「是關於哪方面的？」

「是一款硬體防火牆，主要是用來抵禦資料洪水攻擊！」劉嘯說著，打開自己的提包，從裏面掏出一疊資料，「這是關於我們新產品的一些介紹，Hillar先生請過目！」

Hillar接過來，但沒有看，而是道：「那這款產品和你們在黑帽子大會上展示的那款產品，它們之間有沒有什麼關聯？」看來他關心的，還是軟盟的那款軟體防火牆。

「它們都採用了我們軟盟最新技術的策略級安全引擎，只是側重點有所不同罷了，我們根據硬體防火牆『處理速度快、強度高』的特點，對安全引擎進行了針對性的簡化以及加強，使得這款產品能夠應付最大強度和密度的洪水攻擊。另外，我們的這款產品內置了多種防護策略，在遭遇洪水攻擊時，它會根據洪水攻擊的強度和特點來選擇最恰當的處理方法，必要時還會執行客戶事先設置好的緊急干預策略，可以在各種情況下，最大限度地保障客戶網路的正常運行。」

劉嘯稍一停頓，又道：「因為是用我們的策略級安全引擎做核心，使得這款硬體防火牆軟硬兼施，使用一般的入侵手法，根本無法越過這道防火牆的攔截。如果你想追求更安全的防護，可以把這款產品和我們的軟體產品配合起來使用，這樣一來，雖不能說是萬無一失，但也可以最大限度地保證你們網路的安全。」

「聽起來似乎是不錯！」Hillar微微頷首，「只是，你為什麼不把你們的軟體產品一起帶過來呢！」

劉嘯搖頭：「一來我們的軟體產品還沒有完成外文版的製作，二來我們在市場推廣上，遭到了一些同行的抵制，三是我們目前的主要精力，還放在國內市場上。」

「這事我略有耳聞！」Hillar的手指在膝蓋上敲擊著，「圈子裏的人其實都明白是怎麼回事，只是不願意戳穿他們罷了，能讓這些安全機構集體露怯，軟盟是頭一個！不過，我看劉先生並沒有完全說實話！」

「哦？」劉嘯抬眼看著Hillar，「這話怎麼講？」

第三章　安全試金石

「很久以來，愛沙尼亞的網路就有『安全試金石』之稱，能夠留下來的，絕對是世界上安全效能最高的產品，而能夠留在這座大樓裏的人，同樣也是安全界的精英，在應付駭客攻擊方面，誰也沒有我們的經驗豐富。」

「如果真如劉先生所說，軟盟只做中國國內市場的話，那劉先生今天恐怕就不會和我坐在這裏了！」Hillar呵呵的笑了起來，「劉先生來這裏，不就是要尋求一個打開西方市場的突破口嗎？」

「呵呵！」劉嘯說，「看來一切都瞞不過Hillar先生，沒錯，我這次來，就是想碰碰運氣！」

「劉先生能夠選擇愛沙尼亞作為打開西方市場的突破口，足見閣下用心之良苦！」Hillar緩緩站了起來，「很久以來，愛沙尼亞的網路就有『安全試金石』之稱，任何安全產品到了這裏，便會高低立判，能夠留下來的，都是精品中的精品，絕對是世界上安全效能最高的產品，而能夠留在這座大樓裏的人，同樣也是安全界的精英，在應付駭客攻擊方面，誰也沒有我們的經驗豐富。美國天天都在喊著自己的網路每年要遭受多少次攻擊，可這個國土面積不到美國千分之一的愛沙尼亞，每年遭受的駭客攻擊，卻是美國的三到四倍，只是世界上很少有人願意傾聽愛沙尼亞的聲音罷了。」

劉嘯點頭，他也是到這裏才有這種感觸，人們都習慣把視線往上看，好比一般人都很熟悉美國，卻很難說出愛沙尼亞在地球的什麼位置上。

「從這個意義上講，任何人只要能夠拿下愛沙尼亞政府的安全訂單，就相當於拿下了整個歐洲，甚至是更大範圍內的安全訂單！」Hillar回頭看著劉嘯，呵呵笑著：「劉先生此行就是為了這個，我沒說錯吧！」

劉嘯一愣，然後點頭，還是那句話：「一切都瞞不過Hillar先生的眼睛！」

其實劉嘯哪知道這些，他不過是基於對愛沙尼亞即將遭受史上最大規模的駭客攻擊的判斷，才來到這裏，不過，劉嘯是不敢把這些對Hillar明說的，否則自己的計畫就不靈光了。

Hillar隱隱有一絲得意，畢竟猜中了別人內心裏的打算，也是一件很有成就感的事情，Hillar慢慢踱到了窗戶邊，拉開窗戶，看著外面的廣場，廣場嘈雜的聲音頓時傳了過來。

劉嘯見Hillar不說話，便咳了兩聲，道：「既然Hillar先生知道了我們的來意，不知道Hillar打算怎麼做？」

「劉先生來的時候，想必已經看到了外面的情景吧？」Hillar沒有回答劉嘯的問題，反而指著窗外。

劉嘯只好點頭，道：「是的！」

「作為一個網路安全官員，這些人抗議不抗議，其實和我沒有一點關

係，但在愛沙尼亞，只要有抗議，往往最緊張的不是政府的官員，而是我們這些做安全的人！」Hillar嘆了口氣，重新關上窗戶。

劉嘯有些不解，道：「為什麼？」

「因為一旦抗議失敗，接踵而至的就是大規模的駭客攻擊！」Hillar無奈地笑著，「這也算是愛沙尼亞的一大特色了吧！」

劉嘯沒說話，因為他也知道，以往很多次的駭客攻擊，大多都是因為各國之間的政治或者外交糾紛挑起的，而且這種趨勢越來越明顯，甚至漸漸成為了一個定式。

那個屬於凱文米特尼克的純網路英雄時代已經遠去了，現在的網路，不再是駭客展示個人技術的舞臺了，他們對一些政府的網路服務器發動攻擊，不是為了證明自己的實力，也不是在做安全測試，更不是為了出風頭，而是被一些其他的東西所左右。

「劉先生不必猜疑！」重新回到沙發前坐下，「我說這些沒有別的意思，而是想說，我是一個政府的網路安全官員，我必須盡全力做好自己的份內職責，我不會去抵制任何安全產品，只要你的安全產品符合我們的標準，我就會採用！」

「那你看什麼時候能夠完成測試呢？」劉嘯問道，隨後解釋了一下，「我在愛沙尼亞不會待很長時間！」

Hillar沉吟片刻，道：「這樣吧，明天早上你把產品帶過來，我們先對你的產品做一次安全性檢測，如果不存在安全隱患的話，我會安排把你的產品先放到政府的一個次級網站上去！」Hillar笑著，「在愛沙尼亞，實際的效果就是我們檢驗的標準，攻擊每時每刻都會發生，如果你的產品在攻擊中表現優異，我會同意採購處的訂購意向。」

「我們的產品不會讓你失望的！」劉嘯心裏盤算了一下，如果是這樣的話，應該剛好能趕上駭客攻擊，於是就站了起來，「那我們就不打擾Hillar先生了，明天早上我就把產品帶過來！」

「好！明天見！」Hillar一抬手，就把劉嘯二人送出了辦公室。

下了樓，威爾道：「Hillar所說的檢測不過是個例行檢測罷了，政府採購的安全設備，按照慣例是必須做這個檢測的，主要是防止產品中含有一些後門或者其他的安全隱患。劉先生你放心，我已經做好了所有的工作，只要檢測一過，愛沙尼亞政府肯定會採購軟盟的產品！」

劉嘯笑著，嘴上道謝著，心裡卻是哭笑不得，自己如果只是為了賣個產

品，哪裡用得著如此費勁，遠巴巴地跑到這個小國來。

第二天，劉嘯把產品的光碟送到了Hillar的手裏，Hillar當時就安排了人去做安全檢測。

兩天後，劉嘯接到了Hillar的電話通知，程式沒有任何問題，他要劉嘯趕到一個指定的地點，負責架設硬體防火牆。

威爾開車把劉嘯送到指定的地點，Hillar已經等在了那裏，看見劉嘯，他微微露出一絲笑意，「劉先生，你們的產品本身沒有安全隱患，恭喜你！」

「謝謝！」劉嘯客氣著。

「不過這只是一個開始，接下來，你們的產品要面對的是真槍實彈的考驗，如果你們的產品被刷下來了，那麼今天的消息或許對你來說就是個壞消息了！」Hillar面色冷峻。

「我已經說過了，我們的產品不會讓你失望的！」劉嘯笑著。

「那就好！」Hillar微微頷首，「我們進去吧！」

Hillar領著劉嘯順利通過門口的崗哨，進了大樓，然後介紹道：「你們的產品被我安排到了政府的一個對內宣傳網站上，用來充當網站的硬體屏障。這個網站不大，也沒有什麼機密之類的東西，卻是政府公告網站之一，所以經常會受到一些駭客的惡意攻擊。過兩天，政府就會宣布處理蘇軍塑像的結果，我不知道結果，但我得為任何可能出現的結果做好防備，愛沙尼亞現在所有政府、議會、銀行的網路，我都進行了加固。這個宣傳網站的防火牆有點過於老舊，需要更換，正好用來檢驗一下你們產品的安全性能！」

Hillar走到一個厚實的門前，掏出一張磁卡，在門上一刷，大門轟然滑開，裏面是個機房，一些大型的資料通訊設備被整齊擺放在各自的位置上，資料燈閃爍不停，說明這些機器正在運作。

「我們已經給你準備好了硬體架設的環境！」Hillar往旁邊一指，是一台單獨的電腦，只要把軟盟的硬體防火牆系統安裝進去，這台電腦就可以變身為一台硬體防火牆，Hillar說著，把劉嘯兩天前交給自己的那個光碟拿了出來。

劉嘯點頭，從Hillar手裏接過光碟，坐在電腦跟前開工幹活。

程式的安裝其實很快，完了就是各種複雜的設置，劉嘯劈哩啪啦在鍵盤前一陣敲擊和測試，過了十來分鐘後，他站了起來，道了一聲：「ＯＫ

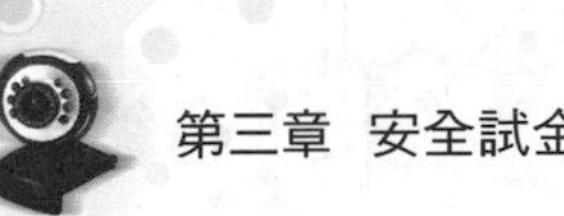

了！」

Hillar也不再做什麼檢查，因為劉嘯所有的安裝工作他都全程監督，不會有什麼問題。

他把這台電腦連桌子一起推到了機房的一角，然後把電腦接到一旁的通訊設備上，看見設備上的資料燈亮起，他拍了拍手，道：「好了，現在你們的產品已經成功替代了之前的防火牆！」

「那就好！」劉嘯點頭，「你們多久時間能給我回信？」

「我想應該不會太久吧！」Hillar一皺眉，「按照最近的態勢，少則三天，多則一個月，就會有結果了！」看來，他對愛沙尼亞最近的態勢也不是很看好。

劉嘯一咬牙，自己可不能在這裏待一個月，還一大堆事情等著他做呢，不過轉念劉嘯就又笑了，自己又不是來推銷產品的，根本用不著等什麼結果啊，於是笑道：「好，那我等你的答覆！」

兩天之後，愛沙尼亞政府即將宣布處理結果。

Hillar和他的所有助手都已經堅守在各自的崗位上，大家都看著中央的大螢幕，政府的新聞發言人正在宣布結果：「大多數的國民認為蘇軍解放紀念碑繼續待在那個地方已經不太合適，政府明日將會對其進行搬遷！」

「唉！」Hillar嘆了口氣，顯然對這個結果很失望，因為這意味著他又要為政府的決定善後、來擦屁股了！

果然，兩分鐘後，所有人面前的電腦開始響起警報。

「報告！政府、議會、銀行以及各大公司的網路同時遭到大規模資料洪水攻擊！」Hillar的助手大聲通報著情況。

「這不是攻擊，是試探！」Hillar站了起來，「他們是在試探我們的網路到底有多大的容量，以便確定下一步的攻擊力度！」

Hillar話音一落，所有的警報全部戛然而止，剛才強大的資料洪流一瞬間消失得無影無蹤，Hillar的判斷絲毫不錯，這是試探！

「全體聽我命令！」Hillar抬起自己的右手，「從此刻起，二十四小時堅守崗位，每隔十分鐘，向我彙報一次網路容量狀況。政府、議會網站的所有備用、輪換網路全部打開，隨時投入使用，務必確保這些網站正常運行，保持政府資訊管道暢通！」

「是！」所有人異口同聲喊道，這些場面已經不是第一次遇到了，每個

人都顯得非常鎮定！

而Hillar的心中卻隱隱升起一絲不祥的預感，像剛才那麼大容量的資料洪水試探，自己還是頭一回碰到，看來這一次，自己將要面對一場前所未有的挑戰了。

時間一分一秒過去，Hillar和他的助手就那麼緊緊盯著螢幕，偌大的房間內除了電腦運行時風扇發出的輕微聲音外，再也沒有別的聲音。

廣場上此時已經沸騰了，抗議的人們聽到政府的結果後，頓時騷亂了起來，抗議的人們走上街頭，開始遊行，塔林市的員警隨即全體出動，小心應對著，防止發生更大的騷亂。

劉嘯站在酒店的窗戶邊，看到下面的警方匆匆趕往廣場的方向，有的人甚至不知道發生了什麼事，疑惑地看著這麼多的警車朝一個方向駛去。

「來了！」Hillar的電腦螢幕上的資料突然起了巨大的變化，助手便大聲提醒著眾人，聲音剛落，警報燈再次亮了起來。

「資料在急劇增加中！五秒時間，達到了我們平時正常訪問量的三百倍！」助手大聲彙報著，「資料還在增加，現在已經達到四百倍，五百倍，六百倍……」

「打開所有備用網路，網站伺服器的承受能力開啟到最高狀態！」Hillar十分鎮定，果斷發出了第一道指令。

「開啟備用後，網站承載能力大幅提升，目前還沒有任何網路崩潰，但對方的資料還在持續增加中，現在已經達到了七百倍！」助手再次通報情況。

Hillar此時也有點坐不住了，這個數字刷新的時間實在是太快了，如果按照這個速度增長下去，就算網站伺服器能夠承受，閘道和路由器屆時也必定會因達到資料通訊的極限值而崩潰，那時候才是最可怕的情況。

「向總統和總理報告，愛沙尼亞的國家網路正遭受到有史以來最為嚴重的攻擊，這是一場事先精心策劃和準備的攻擊，它將會對愛沙尼亞的網路造成巨大的破壞！」

Hillar不得不做出這個決定，多年的經驗告訴他，現在的局勢，已經不是電腦回應中心一個部門就能控制得了的，必須要有國家最高統帥的參與，或許還能抵抗得住這波攻擊。

愛沙尼亞的統帥們此時正在為要怎麼把街上遊行的人們勸回家中而大傷腦筋呢，再聽聞到網路方面的噩耗，頓時大為光火，愛沙尼亞的人們離不開

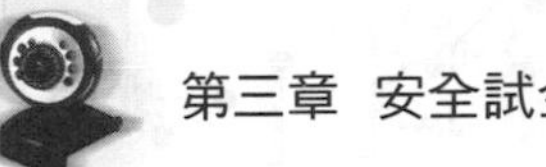

網路，網路受損，就好比是後院起火，這比那些遊行抗議還要嚴重。

隨即，愛沙尼亞政府的副總統就趕到了Hillar所在的電腦回應中心。

「副總統先生！」Hillar看到副總統來到，立即起身。

「情況怎麼樣？」副總統匆匆趕到指揮臺上的螢幕前，也不知道他的專業是不是網路安全，能不能夠看得懂那些資料。

「情況非常危機，是典型的資料洪水攻擊，而且比以往來得都要猛烈，依我的判斷，這是一次有組織有計劃的攻擊，我們網路已經快要達到承受的極限了！」Hillar說道。

「我要聽到解決的辦法！」副總統回頭看著Hillar。

「我建議立即切斷國家網路和外界的連結，只要這些垃圾資料無法到達我們國內，對方自然就會撤退。」Hillar頓了一頓，「能發動如此大容量的洪水攻擊，這不是一個組織或個人就能辦到的，我們的對手可能租用了大量的殭屍網路，只要忍耐一時，他們殭屍網路的租期就會結束，那時僅憑他們自己的力量，是拿我們沒有辦法的！」

「關閉？」副總統顯得很意外，「這不行，一旦關閉連結，我們將會蒙受許多無法預計的損失！」

「如果不關閉，損失會更大，趁著現在情況還不太嚴重，我們還有主動選擇權利！」Hillar非常嚴肅地看著副總統，「請相信我的判斷，我是這方面的專家！」

副總統咬著牙，面露沉思之色，這確實是個非常難以抉擇的決定，如果一個政府在剛一遇到攻擊時，就選擇了關閉國家網路和外界的聯繫，那是一件非常露怯的事情，好比是對手殺到你的城門之前，你卻收起吊橋，高掛免戰牌，避不應戰。

「資料流程量八百倍！」助手此時高聲通報，「我們一些大公司的網站已經出現了癱瘓，對手的資料流程量還在增加，但速度有所減緩！」

或許正是這個「速度有所減緩」讓副總統拿定了主意，「無論如何，都不能關閉國家網路的連結，你們必須竭盡全力抵禦對方的攻擊！我會立刻建議總統，向北約和歐盟求援，讓他們立刻增派網路安全專家過來協助我們的行動，時間不會很久，這段時間內，大家務必要堅持住！」

Hillar對副總統的這個決定很失望，整個歐洲，沒有比這裏的人更懂得怎麼樣去對付網路攻擊，再增派專家過來也是無濟於事，因為對方是有備而來的。不過Hillar也沒有辦法，這是副總統的命令，他只好去照辦。

「開啟ＩＰ軟過濾！」Hillar下達了他的第二個命令，「對資料洪流中的殭屍ＩＰ進行軟遮罩！」

手底下的人開始霹靂啪啦地忙了起來。

Hillar想了片刻，又發出一道命令，「對於殭屍網路數量較多的國家，如美國、中國、秘魯、巴西等國的ＩＰ段，可以進行部分軟遮罩，暫時阻止他們對我們國家網路的訪問！」

副總統果然是個半吊子水準，Hillar這第三道命令，其實也相當於是切斷了愛沙尼亞網路和外界的連結，只不過是有選擇性地切斷罷了，而副總統沒有任何反對的意見，因為他根本就不知道這些命令究竟有何區別。

「資料洪水流量開始減少，目前已經降到正常水準的六百倍！」助手又開始通報情況了，又補充了一句，「如果維持目前流量不變，我們的網路服務器在高負荷下可以保持暫時的正常運轉！」

「但願對手已經出盡了全力吧！」Hillar心裏暗暗嘆息一聲，按照以往的情況看，如果阻斷這些網路殭屍集中的國家的洪水流量，攻擊的力度至少會減少八成，而現在只少了兩成，這和以往的情況完全不同，對手可能還沒有出盡全力。

「希望能堅持到那些專家來吧！」Hillar嗤了口氣，他倒想看看那些專家有什麼好的辦法。

時間繼續流失，從對方開始攻擊，到現在已經整整五個小時了，對方的流量一直持續在六百倍往上一點點，你過濾到一點，他就增加一點，雙方陷入了一種膠著的狀態。

Hillar心裏那種不好的感覺越來越強烈，對方絕對沒有使出全力，他這是在戲耍自己，就像是是貓戲老鼠一樣，得玩耍夠了，才會使出最後一擊。

屋子裏的人經過長時間的高度緊張，現在已經有些鬆懈了下來，很多人也泛出了睡意，在電腦螢幕前打著哈欠。

「大家集中精力！」Hillar喊了一聲，「漢堡和咖啡馬上就送到，我們還要繼續堅持！」

副總統坐在螢幕前，用一隻胳膊支撐著腦袋，才沒讓自己倒下，此時聽到Hillar的話，也算是來了一點精神，說實話，自己也有點餓了。

副總統站起來和總部通了話，然後放下電話，道：「北約派出的專家已經在路上了，很快就能到達這裏，還有一件好事，街上遊行的群眾已經被勸散，相信這事很快就會過去！」

眾人一聽，來了精神，看來距離勝利已經不遠了。可Hillar反而更加擔心，國內的所有網路伺服器已經在高負荷下運轉了五個小時，此時性能已經接近極限，對手只需再把流量瞬間往上提一提，就能讓所有的伺服器癱瘓，眾人都認為勝利在望了，Hillar卻認為對手的最後一擊就要到了。

「總統網站遭到入侵，請求支援！」助手此時突然大聲喊道。

眾人一愣，然後紛紛將已經領到手裏的食物又扔回袋子裏，迅速回到各自的崗位上。

助手繼續通報情況，「總統網站被駭客入侵成功，駭客在入侵後發佈了早已準備好的一篇公告！」

房內的大螢幕迅速切換到總統網站，上面的第一個公告，標題就是「總統承認拆遷蘇軍紀念碑不妥，正式向國民道歉！」

副總統當即跳腳，「撤掉，趕快撤掉！」

「把總統網站的備用伺服器頂上去，然後立刻派人去伺服器那裏查看資料記錄，找出入侵者蹤跡！」Hillar迅速發佈了指令。

「報告！我們電信和移動服務營運商同時遭到駭客的瞬間入侵，駭客利用營運商的許可權，給國內所有擁有手機的用戶發去了短信！」助手很快得到最近的情況。

大螢幕上隨即顯示出截獲的短信內容，和剛才總統網站上公告的意思大致一樣，是假冒總統名義發出的道歉短信，另外還添加了一些煽動人民的內容。

「我要立刻通知總統！」副總統此時有點急了，開始摸自己的手機。

「來不及了！」Hillar看著副總統，「請你用你的副總統許可權下令，立刻對總統和政府公告網站進行更新，宣布這些消息為不可靠消息！」

「好！」副總統定住了神，「現在是緊急時刻，我授命你可以利用我的許可權發佈命令，去執行吧！」

「是！副總統先生！」Hillar終於盼來了一點點可以自主的許可權，立刻回身喊道：「所有政府公告網站進行更新，宣布之前那些消息為不可靠消息，提醒國民請勿相信！立刻派人去移動營運商的伺服器那裏，利用他們的備用網路，重新向國民發佈正確的資訊！」

Hillar的命令剛剛發佈，他的那些屬下們還沒去執行，就聽助手通報著最新的消息，「資料流程量三秒之內提升到八百倍，所有政府、國會、銀

行、媒體網站全部癱瘓！」

「媽的！」Hillar終於忍不住罵出了粗口，該死的最後一擊果然來了，而且還是掐準了點，錯誤消息一經發出，他們就將愛沙尼亞所有公告類網站全部弄癱瘓，讓你無法對國民發出正確訊息。

「啟動備用，啟動備用！」Hillar大聲喊著，看得出他著急了。

「報告！對方資料流程量半分鐘之內提升到了一千三百倍，根據分析，在這麼大的資料流程量前，我們的備用伺服器就算全部開啟，也會瞬間崩潰！」助手通報情況的聲音，也開始帶著一絲恐慌的氣息。

「一千五百倍！」數字瞬間再次被刷新，所有人都停下了手裏的工作，在這樣的資料洪流前，任何抵抗都已經失去了意義。

「我們所有的備用伺服器都被沖垮了，我們無法發出正確的消息！」助手很無奈的宣布了這個結果，形勢在不到一分鐘的時間內，發生了天翻地覆的變化，「我們的大型路由設備和閘道已經達到極限，隨時崩潰！」

「副總統先生！」Hillar猛然回頭，瞪著副總統，「我再次請求，請立即關閉我們網路和外界的連接！一秒鐘都不能再等了！」

「啊……」副總統先生顯然也被這突如其來的逆轉給搞懵了，竟然都忘記了回答。

Hillar不再等待副總統的命令，直接回頭宣布，「下達命令，關閉我國網路和外界的連結！全面清查我們的損失！」

十秒之後，所有的警報都靜默了，屋內靜得有一絲可怕。

「損失的報告呢！」Hillar大聲喊道，「一分鐘之內，我要看到我們的損失報告！」

所有的人這才回過神來，劈哩啪啦敲擊著鍵盤，去查看所有的資料。

「總統網站伺服器，包括備用和輪換伺服器，全部癱瘓，需要修復之後才能啟用！」

「國會網站伺服器，包括備用和輪換伺服器，全部癱瘓，需要修復之後才能啟用！」

…………

助手把這些匯總的消息及時公布出來，每公布一條，在座的人心裏就涼上一截，這是前所未有的損失啊。

Hillar回身又瞪了一眼副總統，他很生氣，全都是因為副總統的錯誤決定，才導致愛沙尼亞遭受如此大的損失，如果早一點關閉連結，這一切就都

可以避免！

副總統此時早已癱在了椅子裏，他同樣沒想到損失會這麼大，街上遊行的人剛剛被勸回去，便又發生如此嚴重的事件，明天一早，估計那些人要抗議的，就不僅僅是搬遷一座紀念碑那麼簡單了，搞不好是要出大事的。

「立刻將這裏的所有情況彙報給總統，請政府立即啟動突發事件應急預案，採取措施，保障國內秩序穩定！」Hillar不再請示副總統，直接發出了指令。

發出指令之後，他也坐在了椅子裏，現在已經不需要自己這個電腦回應中心做任何事了，因為一切都晚了。Hillar雖然早就判斷出對方是有計劃地進攻，但沒想到對方會擁有如此海量的殭屍網路，即便是自己下令關閉網路連結的那一刻，自己也不知道對方有沒有使出全部的力量。

能夠將數百萬台殭屍電腦，甚至是上千萬台殭屍電腦的攻擊步調，做到整齊劃一，就像是在同一台電腦上操作一樣，這個對手的實力實在是太令人害怕了，Hillar實在想不到世界上竟然還會有如此大能力的人物存在。自己已經傾盡了全力，而對方在指揮數百萬殭屍電腦攻擊之餘，還有工夫去協調另外一些駭客的入侵步調，讓所有的攻擊計畫都能一氣呵成地完成，這簡直只有上帝才能做到！

助手還在一條條地通報著損失情形，所有人已經沒有再聽下去的勇氣了，默默坐在電腦前沉思。

「啊！」助手突然驚叫了起來，那種驚喜的語氣，就像是發現了一個新大陸一樣，「報告，不是所有的政府公告網站全部癱瘓，我們負責對內宣傳的網站成功抵禦住了資料洪流的攻擊，目前運行正常！」

「嘩！」所有的人一下全站了起來，這消息，就像是在浩渺無垠的沙漠裏，突然看到一株綠色的小草苗。

屋內的大螢幕瞬間切換到了那家網站頁面上，果然，頁面可以正常打開，點閱絲毫沒有受到影響！

「立即對這個網站的公告進行更新，向國民發出正確消息！」Hillar也從椅子上站了起來，這個網站，立刻變身為愛沙尼亞政府在網路上發佈消息的唯一正式窗口了，這也是不幸中的一點萬幸了。

Hillar發出指令之後，突然想了起來，不禁叫道：

「是軟盟，是軟盟！」

他的眼裏充滿了不可置信，他想了起來，這家網站兩天前剛剛更換了軟盟的硬體防火牆，記得劉嘯說得很清楚，這款防火牆主要是用來抵禦資料洪水的攻擊，難道說這家網站能夠倖免於難，就是因為使用了軟盟的防火牆嗎？

Hillar一下來了精神，從椅子上拽起自己的外套，現在雖然已經是深夜了，可他還是準備去找劉嘯，一定要找到劉嘯，他要親自去問問劉嘯，一刻都不能耽擱。

房門此時突然被推開了，走進來一個大漢，道：「副總統先生、Hillar先生，總統請你們過去談話！」

副總統先生此時已經知道自己鑄成大錯，從椅子裏站起來，然後朝門口走去，一臉的失落。

「媽的！」Hillar再次咒罵一聲，迅速找到紙和筆，寫下了一串數字，然後交給自己的助手，「你馬上按照這個電話號碼去查，務必找到一位來自軟盟的劉先生，他對我們很重要，找到之後就守著他，一步都不許離開，等我回來！」

「是！」助手接過紙片。

Hillar說完不再停留，跟在副總統的身後，匆匆離開。

第四章　純屬巧合

「這怎麼可能，這次是純屬巧合！」劉嘯連連否認，背上滲出了一層冷汗，今天一連兩次都差點禍從口出，看來以後自己每説一句話，都要仔細考慮過才行，否則得意忘形之下，就會説出一些招來無妄之災的話。

劉嘯正睡得稀裏糊塗時，房間的電話響了起來，劉嘯看了一下時間，大半夜的，電話怎麼響了，不知道是威爾還是Hillar？

「請問你是劉先生嗎？我是Hillar先生的助手！」

劉嘯愣了片刻，隨即反應過來，不會駭客攻擊真的開始了吧，時間好像提前了一天啊，於是趕緊道：「我是！」

「很抱歉這麼晚打攪你，Hillar先生希望儘快見到你，請問你現在在哪裡，我們過去接你！」

劉嘯撓撓頭，看來這次的駭客攻擊很嚴重啊，不然Hillar不會深更半夜找自己，他立即把自己所在的酒店名字說了。

「好的，我們這就過去，一會兒見，劉先生！」對方說完掛了電話。

劉嘯此時睡意全無，走到窗邊，拉開窗簾向外看了看，街上抗議的人早都不在了，外面安靜至極，整個塔林市都在沉睡之中。

劉嘯回身打開電腦，連結了幾個網站，發現全都打不開，就連搜索引擎網站，此時也無法進入了。

這種情況，要麼是愛沙尼亞切斷了和境外網路的連結，要麼就是駭客的洪水沖垮了所有的大型路由器，讓它們失去了作用。

劉嘯一沉思，覺得這事有點奇怪，如果愛沙尼亞及時切斷了和境外的連結，那資料洪水就無法過來，雖說他們國內的網路暫時會成為一個「局域網」，但卻可以保證國內的網路不受損失，可現在怎麼國內國外的網路全都打不開了呢？

劉嘯就是想破了頭也想不到，愛沙尼亞是在駭客把國內的網路沖垮了之後，才不得不關閉了和外界的連結。

「不行！」他得給威爾打個電話，自己稀裏糊塗被Hillar叫去，至少得讓威爾知道一下。

劉嘯拿起電話一撥號，電話裏卻傳來嘟嘟的聲音，撥不通！劉嘯再撥，還是嘟嘟聲，根本撥不出去。

「邪門，別人都能打進來，我怎麼撥不出去呢！」劉嘯詫異地放下電話，難道是電話被封鎖了，只能接電話，不能撥電話？不對啊，白天他還給威爾通過電話呢。劉嘯只好撥了酒店的內線，讓酒店派人過來檢查線路。

酒店的人很快趕來了，進門一檢查線路，道：「對不起，線路沒有問題，我想可能是電信公司那邊出了點問題，估計會很快解決。一旦恢復正常，我們會第一時間通知你！」

不會這麼湊巧吧，難道駭客連愛沙尼亞的電信伺服器也給搞崩潰了嗎？

「好吧，麻煩你了！」劉嘯準備打發酒店的人離開。

剛說完，就有人敲門，劉嘯打開門，是個沒見過的人。

「你是劉先生吧，我是Hillar先生的助手！」來人通報身分。

「稍等一會！」劉嘯回身趕緊攔住酒店那人，「我留個條子，如果威爾先生來找我，麻煩你幫我轉交一下！」

「好的，先生！」酒店的人答道。

劉嘯坐在寫字臺前，寫了一個留言條，然後折起來交給酒店的人，「一定要交到威爾先生的手裏，謝謝！」

「不客氣，我們應該做的，如果沒有別的事，我就告辭了！」

「好的！」劉嘯一抬手，示意對方可以離開了，然後迅速整理一下自己的儀容，夾起自己的皮包，對Hillar的助手道：「我們走吧！」

Hillar和副總統此時剛剛趕到總統的辦公室，愛沙尼亞的總統此時正一臉的怒火，兩人進去時，辦公室裏還站著幾個人，其中一個是愛沙尼亞國防安全部的部長，看得出來，他的臉色不好，大概是剛剛挨了總統的訓斥！

總統看到兩人，狠狠地瞪了一眼副總統，然後道：「你們電腦回應中心的操作記錄，我已經看過了，Hillar先生的判斷，從一開始就是正確的，這是一次有預謀有組織的攻擊，目的就是要破壞我國的網路，製造混亂！」

「總統……」副總統此時一身汗，他明白總統的意思了，如果沒有他的遲疑和錯誤抉擇，愛沙尼亞就不會遭受這麼大的損失。

總統沒理他，指著辦公室的其他幾個人，道：「這幾位是從德國、以色列趕過來的專家，他們給我們帶來了一些關於攻擊者的線索！」

一個四十來歲的人往前一步，「是這樣的，我們也是剛剛收到的情報，情報提及，最近一段時間，網上有地下駭客組織高價收購殭屍網路，有證據顯示，這是一起針對愛沙尼亞的有目的性的網路攻擊，對方為此準備了很長時間，而且得到不明資金的支持！」這位是以色列的專家。

「能不能知道對方是誰？」總統踱了兩步，問道：「會不會是俄羅斯人幹的？」

以色列的專家顯然給難住了，「這個很難說，誰都有可能，但發生在互聯網中的事，誰都可以輕易否認！」

總統很惱火，白白吃了一個大虧，全國上下被搞得雞飛狗跳，自己也是焦頭爛額，但連對方是誰都不能確定，這很丟人。

其實話也不能這麼說，因為總統的心裏已經有了個大概的計較，他隱隱約約已經猜出是誰幹的了，但這又能怎樣，沒有證據，誰都可以否認，看來愛沙尼亞這次只能吃個啞巴虧了。

「事情已經這樣，現在就拜託諸位專家，務必在最短的時間內恢復網路的正常運行，以及和外界的網路連結！」總統說完，看著Hillar，「你安排一組人，全力追查攻擊者來源，一定要找出來！」

「是！總統先生！」Hillar應道，心裏卻嘆氣，談何容易啊，又不是第一次發生這樣的事，就算找出攻擊者位置又怎麼樣，最後還不是不了了之。

「好，那你就帶著專家去忙吧！」總統一抬手，「愛沙尼亞的網路，全靠諸位了！」

Hillar帶著那幾位專家離開了總統辦公室。大門一關，裏面的總統就開始敲桌子了，「恥辱！可悲！就連以色列的人都知道有駭客要攻擊愛沙尼亞，可我們愛沙尼亞的情報部門在哪裡，都幹什麼去了？」

國防安全部的部長一臉汗，確實是夠丟人的，是不是有人故意攻擊自己的網路，最後竟然還得要靠別人的情報來證實，真是丟人丟到家了，他此時不禁也把自己手底下那幫飯桶給咒罵了幾十遍。

「還愣著幹什麼？」總統看著國防安全部部長，「難道還等著以色列人再給你提供一份新的情報？」

「總統先生，你放心，以後絕不會再發生這樣的事！」國防安全部部長一個敬禮，然後轉身離開，看來他有得忙了。

副總統還站在那裏，不知道該說啥。

「你也走吧！」總統看著他，「我對你非常失望，讓你做我的助手，是我任內最失敗的抉擇，或許議會裏那些人說得很對，你只適合當幼稚園的園長！」

Hillar帶著幾位專家回到電腦回應中心，此時天色已經開始亮了，警車滿大街穿梭，用喇叭向市民解釋著出現現在這種狀況的原因。

「Hillar先生！」Hillar的助手迎了上來，「軟盟的劉先生到了！」

「在哪裡？」Hillar問道。

「會議室裏！」助手說道，就準備前面開路。

「諸位，咱們先到會議室走一趟吧，那裏有位來自中國的劉先生，你們肯定對他感興趣！」Hillar一抬手，領著眾人前往會議室。

劉嘯此時正躺在裏面睡覺，Hillar走過去在劉嘯肩膀上拍了拍，輕聲道：「劉先生，劉先生！」

「哦……」劉嘯被喚醒，一看是Hillar，趕緊起身，起來搓了搓臉，「Hillar先生，你來了啊，不知道你找我來有什麼事？」

「坐吧！」Hillar招呼眾人坐了下來，然後看著劉嘯，「劉先生，上次見面的時候我曾提起，愛沙尼亞是個頻遭駭客光顧的地方。昨天政府宣布了對蘇軍紀念雕像的處理結果，駭客的攻擊隨即而至，跟你說句實話，非常嚴重，對方洪水攻擊的流量遠遠超過了我們的網路容量，政府、議會、銀行的網路全部給沖垮了！」

「這麼嚴重！」劉嘯雖然早知道駭客要來攻擊，但也沒想到會造成這麼嚴重的後果。

「現在我們關閉了愛沙尼亞和全球互聯網的連結！」Hillar指了一下其他幾個人，「這幾位都是政府緊急從歐盟其他國家請來的援助專家！」

劉嘯點了點頭，不知道Hillar對自己說這些幹什麼，自己又不是什麼援助專家。

「諸位，這位劉先生來自中國的軟盟科技，想必你們都聽說過軟盟吧！」

幾位專家頓時現出意外之色，這個圈子就這麼大，軟盟在黑帽子大會讓西德尼出醜的事，現在簡直就是圈子裏大家飯後閒扯的頭號談資，再加上歐美那些安全機構聯合詆毀軟盟，軟盟之名在圈子裏可謂是人人皆知了。

「在這次的攻擊中，我們所有的政府公告網站都被沖垮了，唯獨有一家，竟然神奇般地抵抗住了資料洪流的攻擊！」Hillar終於說出了重點，「這個網站在兩天前剛好採用了軟盟的新式防火牆，我請劉先生過來，就是想問問劉先生，這個網站沒有被沖垮，是否和你們的防火牆有關？」

「哦……」劉嘯喘了口氣，「這個我也不好判斷！」

劉嘯的回答，讓在座的人全都跌破了眼鏡，原來軟盟連自己的產品也不清楚！

「我們設計出產品後，曾經試圖想測出它的最大承載極限，可惜我們集合自己的所有力量，也沒達到它的極限數值！」劉嘯聳了聳肩，「它能承載多大的資料洪流，我們也不清楚！」

這回所有人跌破的不是眼鏡，而是下巴了，這也太離譜了吧，怎麼會測不出產品的極限呢！

「這樣吧，我們親自去看一看，不就什麼都清楚了嗎？」劉嘯提議道。

Hillar立刻站了起來，「好，我們現在就去！」他不是好奇，而是覺得這太不可思議了，所以他得親自去看看。

其他幾國的專家，也對這個能倖免於難的網站來了興趣，眾人當下二話不說，直接驅車趕往上次劉嘯去架設過防火牆的大樓。

還是那個機房，劉嘯一進去就看見自己用來架設防火牆的那台電腦，依舊還在那個角落。

「我調出產品的日誌看一下，就知道是怎麼回事了！」劉嘯說著，點亮了那台電腦的顯示幕，按了一個鍵，防火牆的操作介面隨即出現在螢幕上。

劉嘯劈哩啪啦敲擊幾下，盯著螢幕看了一會兒，道：

「昨天晚上二十二點三十七分，防火牆檢測出網路受到了一次洪水容量試探，由於對方試探時動用的流量非常大，防火牆判斷隨後到來的洪水攻擊會非常兇猛，隨即啟動了應急方案，提前開啟攻擊來源偵測功能，在對方真正的洪水攻擊來臨之前，防火牆已經遮蔽了那些用於試探容量的ＩＰ。」

「啊！」Hillar驚訝地叫了一聲，時間完全沒有錯，當時洪水流量很大，自己也不過是根據多年的經驗，才判斷出對方那是在試探容量，而這個沒有智慧的防火牆程式竟然趕上了自己這個專家。

防火牆準確判斷出了對方是在試探，而不是攻擊，這怎麼可能啊，它的依據是什麼。

劉嘯繼續解讀著防火牆的日誌記錄：

「二十三點零一分，資料洪水湧來，在兩分鐘不到的時間內，流量達到了網站平時訪問量的七百倍，防火牆判斷出這是真正的洪水攻擊，為保證伺服器的正常運行，防火牆暫時阻斷了所有發送到伺服器的訪問請求，並對洪水攻擊來源ＩＰ進行偵別。十分鐘後，防護牆遮罩了兩成的攻擊來源，對方流量不再增加，防火牆判斷剩下的洪水流量在伺服器承載範圍內，便重新啟動了伺服器的正常連結，偵別攻擊來源的工作繼續進行，四十分鐘後，防火牆徹底遮罩了所有攻擊來源，伺服器流量恢復往日同時間的正常水準。」

Hillar驚訝得無以復加，時間、洪水流量的大小竟然和自己回應中心檢測到的一模一樣。

「隨後四個多小時，對方的攻擊一直在持續，雖有小時段的流量突增，但沒對伺服器的正常訪問造成任何影響！」劉嘯繼續看著日誌，心裏也是吃驚不小，對方竟然能在這麼短的時間內動員到如此大流量的資料洪水，簡直

是駭人之極，而Hillar他們能夠抵抗這麼久，看來也是不簡單啊。

再往下一看，劉嘯也跟著變了變臉色，「凌晨四點五十八分，對方的洪水流量突然急劇攀升；凌晨五點整，達到了最大值一千五百倍，防火牆不得不再次啟動應急方案，阻止洪水訪問伺服器；五點零一分，資料洪水突然消失，防火牆終止應急方案，伺服器再次恢復正常運作。」

劉嘯再敲了一下鍵盤，然後直起身來，道：「大致就是這麼個過程！」

說完回頭，劉嘯發現幾位專家像石化了一樣，全都站在那裏沒有一絲的反應。

「諸位，有問題嗎？」劉嘯不得不再次出聲。

Hillar終於回過神來了，他幾步來到電腦前，翻著那些日誌記錄，嘴裏喃喃道：「不可思議，不可思議！」

其他幾位專家也回過神來，湊到Hillar的身後看著日誌，也是一臉不可置信的表情，一千五百倍的洪水流量，已經不讓他們感到驚訝了，他們驚訝的是，在一千五百倍的洪水攻擊前，這台防火牆竟然能夠正常工作。

劉嘯也正在沉思著，「一千五百倍，誰能把這麼大的洪水流量控制到分秒之間呢，這個人的協調能力實在是太恐怖了！」

「轟轟！」機房的門再次打開，眾人這才回過神來，進來的正是國防安全部的部長，他的身後，跟著幾個軍官。

「Hillar先生！」國防安全部部長看著Hillar，「這個唯一沒有垮掉的政府公告網站，現在由軍方接管！」

「為什麼？」Hillar問道，這不是軍方的職責！

「我有總統的命令！」國防安全部長很乾脆地答道，隨後道：「你們電腦回應中心的任務，是儘快恢復受損網路和設備！」國防部長看了看手錶，「三個小時後，我們的網路要和全球互聯網連通！」

「這不可能！」Hillar吼道，「一旦連通，等待我們的就是巨量的資料洪水，在沒有找到應對之策前冒然連結，只會讓我們遭受更大的損失！」

「這是你的事！」國防安全部長瞪著Hillar，「如果辦不到，就去和總統解釋！」說完，他不再搭理Hillar，慢慢踱到劉嘯跟前，「你就是來自中國的劉先生吧？聽說是你們的防火牆，才讓這個網站得以倖免？」

他的情報在挨了總統訓斥之後，突然之間變得神通了。

劉嘯點了點頭，道：「這不完全是我們防火牆的功勞，如果沒有Hillar先生電腦回應中心的妥善處置，我們的防火牆也不可能撐到現在。」

「我有一件事想問劉先生！」國防安全部長看著劉嘯，「昨天攻擊我們網路的那些ＩＰ裏面，有沒有來自俄羅斯的？」

「有吧！」劉嘯點了點頭，洪水攻擊，哪個地方的ＩＰ都可能會有，不過他話一出口，就看見那幾個專家的神色怪怪的，Hillar還朝自己連連使著眼色，劉嘯一愣，細細一想，頓時色變，慌忙轉口道：「但也有可能沒有！」

那個國防安全部長看著劉嘯：「到底有沒有？」

「從理論上講，這麼大流量的洪水攻擊，攻擊者的來源會非常多，他們可能來自世界的任何一個國家，包括愛沙尼亞在內！」劉嘯說了一句不痛不癢的廢話。

國防安全部長顯然非常失望，往後一招手，「你們開始工作吧！」

就見他身後的幾位軍官迅速上前，開始查看防火牆以及伺服器的日誌記錄，這些人，應該是軍方的電腦專家了。

Hillar帶著眾人出了機房，走出大樓後，劉嘯一直想對Hillar道聲謝，可有這麼多專家在場，劉嘯一直沒有開口的機會，剛才要是沒有Hillar的眼色，劉嘯差點就上了那個國防安全部長的當了。

這次的洪水攻擊，只要是個明白人，都能猜出是什麼人幹的，但證據卻是最難尋找的，一旦自己剛才說錯了話，那自己的話，就會立刻成為愛沙尼亞政府發難的證據，最後自己會莫名其妙被捲進來，成為一個背黑鍋的替罪羔羊。

眾人上了車，Hillar看著劉嘯：「劉先生，今天實實在在地看過你們產品的日誌後，我對軟盟的技術算是服了，黑帽子大會上的事，看來絕不是偶然，你們的安全技術確實領先了歐美一個檔次。以往我們對於中國安全技術的發展有所忽視，看來今後得多多關注才是。」

「技術都是一樣的技術！」劉嘯笑著，「只是理念不同罷了！」

其他幾位專家沒說話，軟盟這款防火牆今天對他們造成了極大的衝擊，在對方的洪水攻擊下，愛沙尼亞的安全高手傾盡全力，最後結果仍然是政府、銀行的網路系統的全部癱瘓，而這個次級的政府公告網站卻在無人看管的情況下，在軟盟防火牆的正確決策下得以保全，這不能不說是奇蹟。

「你們的產品已經通過了考驗，我回去後，就立刻建立採購處的人大量採購你們的產品，我要在愛沙尼亞的所有關鍵網路上，都採用你們的安全產品！」Hillar嘆了口氣，如果能早點採用軟盟的產品，愛沙尼亞這次就不會

遭受這麼大損失，看來自己以後得多多相信採購處的人才是。

「謝謝，謝謝！」劉嘯客氣說，「看來我這趟沒有白來，總算是有所斬獲！」

Hillar一聽，突然回頭看著劉嘯，張開嘴沒說話，隨後搖了搖頭，又轉過身去。

劉嘯詫異，「Hillar先生，你怎麼了，有什麼不對嗎？」

Hillar搖著頭，嘆道：「剛才你的話，讓我突然產生了一種錯覺！」

「錯覺？」劉嘯皺眉，「什麼錯覺？」

「呵呵……」Hillar笑著，「我差點以為劉先生是早就預知了愛沙尼亞會遭此大劫，所以才會這個時間出現在這裏，推銷你們那款專門用來抵禦資料洪水攻擊的防火牆！」

「這怎麼可能，這次是純屬巧合！」劉嘯連連否認，背上滲出了一層冷汗，今天一連兩次都差點禍從口出，看來以後自己每說一句話，都要仔細考慮過才行，否則得意忘形之下，就會說出一些招來無妄之災的話。

「如果我真能預知愛沙尼亞會遭到駭客攻擊，只需發佈一條預警，軟盟就會聲名鵲起，何必大老遠跑這裏來推銷產品呢！」

Hillar點了點頭，笑道：「我也就是一時錯覺，說笑罷了，劉先生不要往心裏去！」又道：「劉先生此行完全可以稱得上是圓滿了，車裏這幾位都是歐洲最頂尖的專家，他們今天都見識到了你們產品的厲害之處，回去後有他們幫你宣傳，你們的產品肯定大賣！」

劉嘯起身作揖，「先謝謝諸位，軟盟日後定當一一登門拜訪！」幾位專家客氣了一下，並沒有什麼實質的表態。

劉嘯坐下後，嘆氣道：「這次其實不能算做是圓滿，愛沙尼亞遭此大劫，是我們所有安全人共同的恥辱，我本人也是感同身受。這次的經歷，是對我們軟盟的一個鞭策和提醒，安全無止境，我們軟盟會繼續努力，爭取做出更加完美的安全產品！」

劉嘯這句話，讓Hillar聽了感覺很舒服，對於愛沙尼亞的遭遇，劉嘯沒有說同情、憐憫之類的話，而是從安全人的角度，把自己和愛沙尼亞的人拉在了一起，這反而讓Hillar覺得劉嘯真誠，作為一個安全人，只有做出更好的安全產品，才是對別人最大的幫助。

Hillar看著劉嘯：「希望今後我們雙方能夠在安全領域加強合作與交流！」

「會的！這也是我們所希望的！」劉嘯點頭應著，「如果愛沙尼亞有需要的話，我們軟盟可以組建一支專家隊伍過來，哪怕是做一些小事，只要能讓愛沙尼亞的網路早一天恢復正常，我們也是非常願意做的。」

「如果有需要，我會開口的！」Hillar笑著點頭，「不過，現在你們只要能夠提供大量的防火牆產品，就算是對我們最大的幫助了！」

「我這次來，公司只給了我三套經過授權的產品，之前已經用了一套，剩下的兩套，我一會兒就可以提供給你們使用，完全免費！」劉嘯說完一頓，「不過，如果需要更多的產品，就必須由你們的採購處向軟盟下訂單才能得到了。」

「我知道！」Hillar點著頭，軟盟這款產品屬於高端產品，售價肯定不菲，免費給三套已經算是不錯了，「等我們統計出具體需要的數位，就會讓採購處的去下訂單！」

劉嘯他們驅車趕回電腦回應中心的路上，愛沙尼亞已經暫時把總統、國會網站的功能全都轉移到那個沒有崩潰的網站去了，愛沙尼亞人民此時不管訪問政府的哪個公告網站，都會自動跳轉過去，這個唯一倖存的網站，成了政府在網路發佈權威消息的唯一平臺。

回到電腦回應中心，威爾已經等在那裏，劉嘯半夜被人叫走，他還真有點擔心，一看到劉嘯的留言，就迅速趕了過來。

「劉嘯，你沒事吧？」看到劉嘯安全無恙，威爾提著的心總算是放了下來。

「沒事！」劉嘯搖了搖頭，隨即扭頭看著Hillar，「Hillar先生，我現在要回酒店了，你可以派個人過去，順便拿回那兩套產品！」

「謝謝！」Hillar說完一招手，喚過一個助手，吩咐他跟著劉嘯去拿東西，然後道：「半夜打攪你，本該親自送你回去的，可我這邊的情況你也清楚，實在脫不開身，劉先生回去後好好休息，我就不送你了！」

「沒事，你忙吧！」劉嘯笑呵呵地應著，估計Hillar接下來可有得忙了。

回到酒店，劉嘯把剩下的兩套防火牆的安裝光碟交給Hillar的助手帶走。

威爾一看外人走了，急忙問道：「他們找你什麼事？」

「沒事！」劉嘯擺了擺手，「愛沙尼亞政府宣布對蘇軍雕像的處理結果後，網路就遭到了攻擊，所有的政府公告網站都癱瘓了，只有安裝了我們產品的一家網站倖免於難，他們叫我過去看看情況。」

「哦！」威爾點頭，道：「早上我一出門就感覺不對，電話手機都不通，於是就趕緊到酒店來看看你，你沒事就好！」

「讓威爾先生為我擔心，謝謝！」劉嘯道謝說。

威爾笑道：「不用客氣，照顧你在愛沙尼亞的一切，是我的職責！」說完，他站起來走到窗戶邊向外看了看，道：「看來這次的攻擊挺嚴重，昨天那些遊行的人，本來已經散了，今天又聚集了起來。這裏的人們一旦離開網路，生活就完全亂了套，就是出門坐車買飯這樣的簡單事，也會變得非常困難。我聽說銀行的網路這次也受了點損失，你看，現在銀行門口排隊的人已經有好幾百米長了，如果所有人都要將自己戶頭的存款套現，那愛沙尼亞的銀行就得關門了！」

劉嘯沒說話，在國內，兩次的海城事件，已經讓他見識到了網路攻擊的威力，這次在愛沙尼亞，讓他對網路攻擊的威力又有了新的認識。

網際網路在近二十年的時間裏，得到了急劇的發展，人們的日常生活，或多或少都要用到網路，在愛沙尼亞這個地方，人們可以說是完全靠依賴網路，網路正常的時候，一切都是那麼方便快捷，而網路突然之間崩潰，人們就變得寸步難行，甚至連最基本的生活都無法保障，加上電信和移動網路的癱瘓，人們在獲取消息方面就變成了一個徹底的聾子，這種狀況一旦持續過久，就什麼事情都會發生，甚至會威脅到愛沙尼亞政權的穩定。

網際網路的發展還在繼續，資訊化是一個趨勢，就算存在不安全的隱患，也無法阻擋它的發展。愛沙尼亞的事不是個結束，只是個開始，只要你稍微不注意，這樣的事就還會在世界上其他國家和地區發生。它來得無聲無息，沒有硝煙，也沒有衝擊波和輻射，也不會有生命的消逝，卻能瞬間將一個國家陷入癱瘓狀態，世界上怕是沒有任何一種武器，能造成如此大範圍的危害了吧。而且這種危害還會持續，因它而產生的衍生問題才是最可怕的，如果處理不當，什麼結果都會發生。

「劉先生，想什麼呢？」威爾看劉嘯半天沒說話，問道。

「哦……」劉嘯回過神來，搖了搖頭，「沒什麼！如果一會兒電話或者網路通了，麻煩你轉告錢先生，就說這裏一切順利！」

「好！」威爾看劉嘯似乎是有點累了，就道：「那你休息吧！」說完就離開了。

劉嘯被折騰了一晚，也確實累了，等威爾一走，他洗了洗就睡了。

就在劉嘯睡覺的這會兒工夫，愛沙尼亞那唯一倖存的網站上，發出了新的公告，愛沙尼亞政府表示，此次針對愛沙尼亞的網路襲擊，是由俄羅斯發動的，證據是，愛沙尼亞的電腦專家找到了一個攻擊來源，這個攻擊來源，來自俄羅斯政府的一個辦公室！愛沙尼亞對此提出了嚴重的抗議和譴責！

五個小時後，經過電腦回應中心，還有歐盟、北約過來的專家們的全力搶修，愛沙尼亞的網路終於恢復了暢通，電信和移動通信也恢復了正常，只是那些受損的系統還有資料仍舊在修復之中，這不是一時半會就可以恢復過來的。

雖然Hillar仍然堅持要等軟盟的安全產品全部抵達，架設好新的安全防護系統後再和全球互聯網聯通，但遭到了軍方的反對，最後總統簽發命令，愛沙尼亞的網路再次和全球互聯網連通。

俄羅斯政府隨即也在網站發佈公告，否認了自己和攻擊愛沙尼亞網路事件有關，聲稱自己也是剛剛得知此事，譴責愛沙尼亞的無端指責，並表示，俄羅斯政府不會協助愛沙尼亞調查攻擊的來源。

這也就是說，就算愛沙尼亞政府有足夠的證據表明攻擊者就藏身在俄羅斯境內，俄羅斯政府也不會幫他們抓人。

一些嗅覺靈敏的媒體已經派記者趕往愛沙尼亞和俄羅斯，全面瞭解事情的來龍去脈；行動慢的，則是守在電腦前面，來回刷新著雙方政府的公告網站，等著新消息的出現。

俄羅斯政府公告發出去後半個小時，那些在電腦前刷新網頁的記者們突然發現，俄羅斯政府公告網站突然打不開了。這種狀態一直持續了將近一個小時，等網站再次可以順暢地訪問後，媒體們發現俄羅斯政府再次發出了新的公告。

俄羅斯宣稱自己的政府網站在過去的一個小時裏，遭到了惡意的資料洪水攻擊，導致網站點閱困難，但因為俄羅斯方面已經部署了先進的安全防護系統，再加上完善的多路數據備份系統，網站最後成功地對抗住了對方的攻擊，沒有發生癱瘓，對方的攻擊也一直處於俄方的控制之中。

不過俄羅斯又表示，從攻擊特徵看，此次的攻擊來自愛沙尼亞。

指責的雙方完全互換，這讓所有的媒體一時目瞪口呆，大家很快意識

到，這是個超級大新聞，是地球上的一件大事，它不單純是一起駭客攻擊事件了，現在已經上升到了兩國的糾紛，如果繼續發展下去，搞成兩個利益集團的衝突也說不定。那些還沒有派出記者的媒體，立刻傾巢出動，啟動了所有的鏡頭，開始向地球上的所有人播報此事。

有誰見過兩個國家利用網路大打出手，直接開始真人ＰＫ的？現在大家就都見識到了。俄政府公告發出去沒多久，資料洪流再次襲擊愛沙尼亞的網路，嚴陣以待的愛沙尼亞電腦回應中心沒有讓悲劇重演，他們始終把對方的攻擊能量控制在自己所能承載的範圍內。

但這不是長久之計，愛沙尼亞網路一直在高負荷下運行，網速品質降到了歷史最低點，整個愛沙尼亞的人都快瘋了，網路時斷時續，簡直就是在考驗人的耐性，一些脾氣急的人，估計都快砸電腦了。

愛沙尼亞的所有網站中，只有安裝了軟盟防火牆的網站，因為啟動了攻擊源智慧偵別功能，在強大的資料洪流攻擊下，始終保持著正常的訪問速度。這也讓那些發動攻擊的人想不通，愛沙尼亞整個國家的網路都快頂不住了，難道這網站是吃了興奮劑不成，源源不斷的垃圾資料輸送過去，就如同溪流匯進大海，連一絲波浪都翻不起。

劉嘯此時剛剛從床上爬起來，因為威爾又過來了，他跟劉嘯報告了一下事情的發展，然後道：「我剛才聯繫上錢先生了，他說讓你放心，已經按照事先商量好的一切安排就緒！」

威爾的電話此時又響了起來，他接起電話，「嗯嗯啊呀」幾聲，掛了電話，對著劉嘯道：「最新的消息，愛沙尼亞政府已經正式向北約組織發出提議，要求重新定義網路攻擊的性質！」

劉嘯一時沒懂這條消息的意思，就問道：「什麼性質？」

「愛沙尼亞要求把針對一個國家的網路攻擊，劃到軍事行為的範疇內，這樣一旦再發生同類事件，北約成員國在軍事上進行集體協防的約定就能迅速生效，北約可以據此對發動攻擊的人實施還擊，甚至進行制裁！」威爾給劉嘯解釋了兩句。

開玩笑的吧，軍事行為？難不成說愛沙尼亞已經和俄羅斯進行了一場歷時一天一夜之久的侵略與反侵略的網路戰爭？

「這麼說，我現在所處的地方，就是戰火紛紛的戰場了？」劉嘯還是轉不過彎來，自己莫名其妙就到了戰場啊，這怎麼可能呢。

劉嘯怎麼也想不通愛沙尼亞要把駭客攻擊行為定義成軍事行為的做法，

這豈不是說，愛沙尼亞此次不是遭到網路攻擊，而是遭遇了軍事入侵？這也有點讓人太難以接受了，劉嘯一臉不可思議地看著威爾。

威爾卻笑了笑，道：「其實要把網路攻擊定義為軍事行為，已經不是什麼新聞了，北約很早就曾討論過這個議題，但一直都沒有一個具體的結論，因為他們很難制定出一個相關的標準。」

說完，威爾看劉嘯似乎對這些不懂，就解釋道：

「比如說，當年的波灣戰爭中，伊拉克從法國購買了一套很先進的防空系統，結果這套系統上的晶片，被美方特工偷換，美軍後來在發動空襲前，利用無線電波啟動了晶片上的病毒，致使伊拉克防空系統瞬間癱瘓，從而保障了美軍空襲的順利進行，並一舉摧毀了伊拉克的空中力量，這就是網路戰，是一次軍事行為。同樣，後來的科索沃戰爭中，南聯盟政府和北約不約而同都使用了同樣的手段，發動網路攻擊，釋放病毒，導致對方的指揮系統癱瘓，這也是網路戰，是軍事行為。這兩次網路攻擊行為，在定性上根本不存在什麼問題，因為作戰雙方當時是處在一個戰爭的狀態，在戰爭狀態下所使用的手段，就是軍事行為。但現在的問題是，網路攻擊來自暗處，取證相當困難，再說，也不是所有遭受網路攻擊的國家，都有一個戰爭對手，所以……，呵呵！」

劉嘯這下明白了，不是所有網路攻擊的性質都一樣，想把網路攻擊定性為軍事行動，也不是那麼容易的事。估計愛沙尼亞政府的這個提議，最後也只能不了了之了。

看來自己是有點杞人憂天了，劉嘯笑著，「我明白了，看來我以後得多多關注這方面的事才行，威爾先生在這方面似乎很內行！」

第五章　網路戰爭

北約的軍事官員非常老練，道：「此次的事件是真正意義上的網路戰爭，至於發動戰爭的是誰，目前還很難說，誰都有可能，或許只是一個人，或者是一個駭客組織，這需要我們進一步的調查和核實。」

「沒什麼，如果劉先生也經常和政府官員打交道，就得把自己的思維也扭轉過來！」威爾笑著，一臉無奈。

劉嘯嘆口氣，笑道：「愛沙尼亞這次如此急躁，看來損失真的是很大！」

「是啊！資訊化越發達的地方，在遭受網路攻擊的時候，損失就會越大！」威爾點頭，「愛沙尼亞在這方面，以前一直是吃啞巴虧，現在大概是不想再做啞巴了，所以才會主動提出這個提議！不過這也是沒辦法，這次攻擊造成的損失實在是太大了，到現在為止，愛沙尼亞境內的秩序還處於混亂之中，人心不安，到處都是抱怨和流言，如果愛沙尼亞政府不表現得強勢一些，一方面無法對國內民眾交代，另一方面，也不能保障今後不再發生類似事件！」

劉嘯皺著眉，嘆道：「雖然我的職業是做網路安全，但我確實是低估了網路攻擊的威力，看來回去以後，我有必要讓軟盟重新開一個研究課題，希望能夠藉此找出更好的解決方案來，而不是一發生網路攻擊，就先開始琢磨是不是把它定性為軍事行為，這種思路持續下去，恐怕對誰都不是一件好事！」

威爾點了點頭，「這當然是最好不過了。」威爾說完看了看表，「吃飯時間到了，咱們先吃飯去吧，我想，如果事情進展順利的話，劉先生應該很快就能回國了！」

劉嘯笑著，「那是再好不過的事了！」

愛沙尼亞政府向北約發出提議後，北約的軍事官員在第一時間趕赴愛沙尼亞。雖然這位軍事官員表示，網路攻擊很難定性，要想切實指證俄羅斯發動對愛沙尼亞的網路戰基本是不可能的。但此舉還是惹得全球震動，各路媒體紛紛趕赴愛沙尼亞的首都塔林市，第一時間想來瞭解事件的進展以及來龍去脈。

俄羅斯方面隨即也對愛沙尼亞的行動表明了態度，俄方的發言人表示，當今各國的網路系統，或多或少都曾遭遇過類似的網路攻擊，他警告愛沙尼亞政府在指責俄羅斯發動攻擊的時候，最好能做到消息準確，證據確鑿！

最後，他還表示，俄方也在積極搜尋之前所遭受攻擊與愛沙尼亞政府有關的證據。

這兩個政府算是公然對上了，誰也不願意在嘴上吃虧，愛沙尼亞指責俄

羅斯，俄羅斯隨即就反過來指責愛沙尼亞，雙方鬧得不亦樂乎。

最要命的是，雙方每飆一次，他們網路所遭受的攻擊力度就會大一些，但後來的攻擊行為，顯然沒有一開始那麼整齊劃一了，看來是一些不同立場的民間駭客知道此事後，也加入了混戰之中。

劉嘯吃完飯，就一直在房間裏上網，關注著事情的進展，可惜愛沙尼亞的網路品質糟到了極點，除了看政府公告網站，其他媒體的網站根本打不開，想看國外的媒體，更是想也別想。

第二天一大早，劉嘯接到了Hillar的電話，說讓劉嘯過去一趟，有事情要談。劉嘯放下電話，出門直奔愛沙尼亞的電腦同應中心去了。

還是上次Hillar的那個辦公室，劉嘯敲門進去，看Hillar完全沒有了上次在這裏見他時的氣度風采，臉上只寫著兩個字，疲倦。

「劉先生請坐吧！」Hillar看見劉嘯，就放下手頭的事，過來陪劉嘯坐在了沙發上。

「Hillar先生叫我過來，不知道有什麼事？」劉嘯問道。

「我們已經統計出需要訂購你們產品的具體數目，一共需要一千八百套，我已經把這個數字報給了政府採購處，估計很快就能審批通過。」

Hillar看著劉嘯，「我想知道，如果我們下了訂單，你們多久能把產品交到我們手上？」

劉嘯大喜，這下軟盟可發了，他給愛沙尼亞的報價是一套三萬美金，這麼算下來，軟盟一下就能收到五千多萬美金，熊老闆投的錢，可以說是一下就收回來了。

「訂單到公司，一個工作日應該就可以做出來，移交到你們手上，不會超過四十八小時！」劉嘯說話的語調難掩他內心的興奮。

「那就好！」Hillar點了點頭，「你們的產品這次幫了我的大忙，我們全靠那套防火牆，才算是勉強挽回了一些顏面。」

劉嘯道：「這樣吧，我再額外贈送你們一千八百套專業版的反入侵反間諜系統，算是我對你的一點謝意！」

「哦？」Hillar疲倦的眼神透出一絲光亮，「這個系統，是不是就是黑帽子大會上展示的那個？」

「黑帽子大會上展示的是初級版本，這個專業版在性能上還要強於那個版本，和我們的防火牆配合使用，絕對可以大大提高你們網路的安全性。」

劉嘯笑道。

Hillar來了精神，道：「本來我還想推辭幾句，現在看來，我只能謝謝劉先生了，因為你們的那套系統，我非常感興趣！」

劉嘯笑道：「我這次來帶了一套，回頭我給你送過來，如果檢測後沒有問題的話，我就讓公司隨那一千八百套防火牆程式一起交給你們！」

「太感謝你了！」Hillar看著劉嘯，「這次事件後，總統要求我們對全國的關鍵網路進行加固，有了你們的產品，一切就好辦多了！」

劉嘯問道：「現在事情發展到什麼地步了？對方還在持續攻擊？」

Hillar嘆了口氣，「對方的攻擊一直都沒停止，不過力度有所減緩，我估計是他們租用的殭屍網路部分到期了。但整體的攻擊力度並沒有縮減，一些民間的駭客組織開始參與了進來，你也知道，俄羅斯的駭客非常厲害，數量也相當驚人！」

「那你準備怎麼辦？」劉嘯看著Hillar，對俄羅斯的駭客，劉嘯也很頭疼，「這麼硬撐下去也不是個辦法！」

Hillar搖了搖頭，「不會硬撐的，該鬧的都已經鬧了，愛沙尼亞網路的使命也完成了，再過兩個小時，我們會再次切斷愛沙尼亞和外界的網路連結，進行全面的網路修復和改造！」

「呃？」劉嘯非常意外，Hillar的話讓他有些想不通，什麼叫做該鬧的，還有，愛沙尼亞網路的使命又是什麼，難道這裏面還有玄機不成，難道愛沙尼亞冒著遭受更大損失的危險開通網路，還有什麼別的目的？Hillar這話裏有話啊。

「呵呵，看得出，劉先生是個單純的商人。」Hillar笑著，「即便你也是從事網路安全的，但你對於這個圈子裏的一些事情的走向，卻並不是很清楚！」

「什麼事情？」劉嘯納悶。

「呵呵！」Hillar笑著，「這個世界上各國政府的網站，有哪一個沒有遭遇過網路攻擊呢？剛開始的時候，網路的功能十分有限，遭遇攻擊，損失不會很大，但現在網路已經延伸到世界的每一個角落，網路已經成為了名副其實的中樞神經，支撐著一個國家的正常運轉。在這個世界上，還有比癱瘓對方中樞神經更直接有效的殺傷手段嗎？」

Hillar說的這些劉嘯全都知道，可他還是不明白Hillar的意思。

「拿愛沙尼亞來說，愛沙尼亞近三年來，每年遭受駭客攻擊的次數都在六萬次以上，因為愛沙尼亞是個小國，損失不會太大，但每年政府也要為了

抵禦駭客的攻擊花費八十多億美金，這對愛沙尼亞來說，是個不小的數目。美國國防系統每年遭受駭客攻擊也有兩萬多次，平均每次抵禦，他們都要花費一百五十萬左右的美金，每年要為此支付三百多億美金！其他國家的情況，基本也都差不多。」

「不是吧！這麼多！」劉嘯一聽，心裏不住後悔，自己定價三萬美金，看來真是失策了，做完愛沙尼亞這筆生意後，馬上漲價，估計要三十萬都不會有人嫌多。

Hillar還以為劉嘯是驚訝這個數目，於是笑道：「不管是哪個政府，如果長期要你支付這麼大一筆費用，給誰誰也受不了！」

劉嘯終於有點回過味來了，「你的意思是說，這次愛沙尼亞是故意把事情弄大，為的就是要北約把網路攻擊劃入軍事行為範疇內？」

「想要把網路攻擊劃入軍事行為範疇的，又何止是愛沙尼亞？」Hillar臉上露出不一絲不可捉摸的笑意，「難道美國不想？俄羅斯不想？」

Hillar說完站了起來，道：「駭客攻擊政府的網路，一般只有三種可能，第一，某個人或組織的自我挑戰的行為，現在這種情況越來越少了，一方面是政府的安全防護水準提高，一方面政府加強了這方面的立法，駭客們都忙著去賺錢了，沒人會幹這冒險的事了；第二，為了某些利益集團而進行的有目標的間諜行為，這種行為偷偷摸摸，凡是成功了的，都是你沒有發現的；第三，就是帶有報復或者震懾性質的、有政治目的的網路攻擊行為了。如果把網路攻擊行為劃入軍事行動的範疇，那麼有人在進行第二種和第三種攻擊時，就會仔細掂量一下後果。按照最保守的估計，至少能讓目前針對政府網路的攻擊行為減少六成。」

劉嘯恍然大悟，他終於明白了Hillar說的意思，或許這次的網路攻擊一開始只是個湊巧，是個偶然事件，是誰也沒有預料到的。但從愛沙尼亞關閉網路後又重新開啟的那一刻起，它就不是一個偶然事件了，促使愛沙尼亞政府改變決定的背後，有著多方利益的推動，或許更準確地說，是大家都受不了，需要這麼一件事來幫助大家解脫。

「一個小時後，政府關於這件事，會召開一個新聞發表會，北約的軍事長官也會出席，發表會結束後，愛沙尼亞的網路就會再次關閉，那時候我就可以鬆口氣了！」Hillar笑著在辦公室裏踱著步子，「不過，話說回來，這些事不是你我所要關心的，你是商人，只要你的產品安全性高，就會有市場，而我，只要保證愛沙尼亞的網路正常運轉就可以了！呵呵。」

劉嘯連連點頭，他也不願意摻合這些事，不過Hillar說的，倒是提醒了他，「Hillar先生，我想我們今後還有可以再合作的機會。」

「哦？」Hillar看著劉嘯，「你說說看。」

「這次愛沙尼亞之行，讓我冒出一個新的想法，我準備在軟盟開設一個新的研究課題，主要是想建立一套用來預防和抵禦這種突發式網路襲擊的安全體系，並為我們的客戶提供多套應急和緩衝的方案，最大限度地減少客戶的損失。」劉嘯笑著，「軟盟是個小企業，剛起步，我想我們之間應該有合作的可能！」

「這倒是個好思路！」Hillar捏了捏下巴，「如果你們真的能把這個課題搞成功，倒是替不少人解決了麻煩，我會考慮的。」Hillar說完笑了起來，「劉先生可真會做生意，別人需要什麼，你們就做什麼。」

「沒辦法！」劉嘯無奈地聳肩，「誰叫我是個商人呢！」

「好，這件事我先考慮一下，一有結果，我就給你答覆！」Hillar很痛快地應了下來。

「行，那我就不打擾Hillar先生了！」劉嘯起身告辭，「以後有機會，我會再向Hillar討教，和你談話，讓我非常長見識。」

Hillar笑著搖頭，把劉嘯送出了辦公室。

一個小時後，愛沙尼亞的新聞發表會召開，全世界最有影響力的媒體齊聚在一起，他們都非常想知道愛沙尼亞政府以及北約組織對於此次事件的最後定性。不少媒體啟動了衛星來現場直播這場新聞發表會，因為這事實在是太重大了。

愛沙尼亞政府發言人首先通報了事情的經過，他沒有定性，只是按照時間先後順序，把事情的經過敘述了一遍，雖然這只是一篇官方聲明，但也聽得大家是驚心動魄，兩個國家一來一往地對掐，已經夠讓大家震驚了，再加上一些中間的曲折變故，現場的記者，便全都有一種聽書的感覺。

最後，愛沙尼亞政府發言人表示：「此次攻擊是因搬遷蘇軍紀念碑而起，愛沙尼亞政府有理由相信，此事和俄羅斯有關，而且，也有一些證據顯示，此次攻擊愛沙尼亞網路的人，是受到了不明資金的支持，事發之前，一些俄文的駭客聊天室，曾有人提到過『攻擊愛沙尼亞網路』之類的話。」

記者們隨即追問，但愛沙尼亞政府方面，並沒有向媒體出示相關的證據。

記者們放過愛沙尼亞政府發言人，開始向北約軍事官員發問：「北約是否認定此次攻擊是俄羅斯發動的，會不會採取反擊的措施？」

北約的軍事官員非常老練，道：「此次的事件是真正意義上的網路戰爭，至於發動戰爭的是誰，目前還很難說，誰都有可能，但不一定就是俄羅斯，或許只是一個人，或者是一個駭客組織，這需要我們進一步的調查和核實。」

「那就是說，北約已經認定此次事件是一次軍事行為了嗎？」記者繼續追問。

「目前國際上還沒有一個明確的關於網路戰的界定標準，北約之前也沒有將網路攻擊劃入軍事行為範疇，但這次發生在愛沙尼亞的事件卻讓我們看到，網路戰已經成為一種新式的攻擊手段，這種手段會對我們的安全造成實實在在的危害！為了人民的安全利益，我會建議北約啟動這方面的工作，爭取制定一套明確劃分網路戰的標準！」

Hillar也參加了新聞發表會，當他被記者問及對此事的看法時，Hillar說了一句非常經典的話，後來成為了所有人回答的標準：

「我只是個安全人，對於電腦，我知道得很多，但對於更大的問題，我卻不清楚，但有人很喜歡拿這些事情做文章！」

Hillar的話，貌似是說自己什麼也不清楚，其實卻是警告那些媒體人不要隨意搬弄是非。

「那就問個安全方面的問題！」記者堆裏有人喊道，「據我們瞭解，愛沙尼亞在此次網路攻擊中，包括政府、媒體、銀行以及大公司在內的所有網路全部癱瘓，但唯獨一個政府的次級公告網站卻沒有出現任何問題，是這個次級網站的安全標準比總統網站還要高呢，還是對手故意手下留情呢，請問你對此事作何解釋？」

記者的話，通常不會挑明，但他的意思所有人都明白了，這位記者懷疑此次事件是攻守雙方聯合起來的一場作秀！

這個問題頓時把Hillar難住了，問這個問題的記者顯然是久經沙場，經驗豐富，這個問題的妙處就在於，讓你不回答則罷，一回答就會很麻煩。

你不回答的話，只是讓大家覺得你心虛，但你只要一張嘴，問題就來了，你說次級網站安全標準低於總統網站，那你就無法解釋為什麼總統網站都癱瘓了，而這個次級網站卻依然健在；如果說次級網站的安全標準比總統網站還要高，那只有鬼才信，鬼如果信，也是相信愛沙尼亞搞安全的這幫人

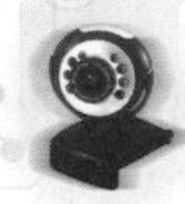

智商有問題。至於後面那個問題，根本就碰都不碰，你只要張了嘴，那就撇不清了。

但不回答又不行，因為是你把這些記者召集過來的，而且對方的問法很巧妙，聽上去又不涉及政治，也不涉及什麼機密，點明了這只是個關於安全的問題，作為愛沙尼亞網路安全方面的主管，你怎麼能不回答呢。

Hillar想了想，道：

「剛才發言人已經說了，這是一次有預謀的網路襲擊，對方的目的就是想要癱瘓我們所有的網路，給愛沙尼亞製造麻煩。至於為什麼所有政府網路都癱瘓了，卻唯獨一個次級網站沒有發生故障，這並不是說這家網站的安全標準就高於其他網站，而是因為在駭客發動攻擊之前，我們採購了一批新式的安全產品，正好裝配給這家網站做先期的測試和磨合工作。這次的網路攻擊，證明了我們所採購的新設備性能卓越，接下來一段時間，我們會大量採購這種產品，裝配到所有關鍵網路，增強愛沙尼亞網路的抵抗能力，防止類似的事件再度發生。」

Hillar這段話算是說的滴水不漏了，他沒糾纏在第二個問題上，而是徹底把第一個問題給解釋清楚，只要解釋清楚第一個問題，那第二個問題就不用解釋了，而且，那第二個問題根本就不能去解釋。

這個解釋讓所有的媒體半信半疑，有沒有一種安全產品，它能夠抵禦這麼強的洪水攻擊，誰也不清楚啊，所以一時也沒人提出質疑。

「那請問政府此次採購的設備是哪個公司製造的，採購程序是否經過嚴格的審批？這批安全設備，對於提高愛沙尼亞網路安全品質，能起到多大作用？」

發問的，是愛沙尼亞最大的一家媒體，看來它是想行使自己對於政府開支的監督權。

Hillar咳了兩聲，「此次採購，完全是按照政府的審批流程，設備先由我們電腦中心做了詳細的安全檢測，確認無誤後，才將要採購的數目提交給政府採購部門，採購部門又提交國會審批通過。愛沙尼亞政府的所有設備採購案，一直都是公開化的，這次我們一共從中國軟盟科技公司採購了一千八百套硬體防護牆程式，以及一千八百套軟體反入侵反間諜的程式，等國會審批通過後，大家就可以看到相關的政府財務支出報告。」

這下大家都沒話說了，Hillar已經把話說得夠清楚了，你要是還不信，那就儘管去查那個中國軟盟科技公司的老底吧，看看他們的產品是不是這麼厲害，是不是能夠抵擋得住那麼強大的資料洪流。

「我就說，劉嘯去愛沙尼亞絕對沒有那麼簡單！」方國坤此時正坐在會議室裏，會議室大螢幕播放的就是愛沙尼亞新聞發表會的現場，方國坤一聽到軟盟兩個字，就站了起來。

小吳也跟著站了起來，「頭，你是說，劉嘯早知道那裏要發生駭客攻擊，所以跑去推銷他們的產品？」

「絕對是這樣！」方國坤嘆了口氣，「和劉嘯打交道以來，你什麼時候見過他做無意義的舉動？他的任何舉動，都是有的放矢，上次五百多家企業聯合告軟盟，最後非但沒傷到軟盟一根毫毛，反而讓劉嘯漂亮地打了個空傳牌，讓軟盟和他的策略級產品一下舉世皆知。」

「可他怎麼會知道哪裡會發生駭客攻擊？」小吳皺著眉，道：「還有，即便是事先知道，那也得能保證自己做得出這個產品，還得保證產品能抵禦住強大的資料洪水，否則去了也是白去。頭，你不覺得這裏面有什麼問題嗎？」

「是啊，產品的開發需要時間，就算是能提前知道哪裏會發生駭客攻擊，可怎麼能保證這點時間內就能做出相應的產品來呢。還有，就算是做出來了，還得保證愛沙尼亞政府肯試用你的產品！」方國坤眉頭一沉，自言自語道：「看來，他已經準備了很長時間了，他應該很早就知道要有駭客攻擊發生，而且，他還判斷出了駭客攻擊的大概威力是多大，否則他是不會去愛沙尼亞的。」

「這怎麼可能呢？」小吳不解，「我們這麼大的情報網，尚且不能預報駭客攻擊，他又怎麼會知道？」

「各有各的辦法嘛！」方國坤嘆了口氣，「我們就是太過於相信自己的情報網了，才導致咱們步步跟不上啊，我們有必要去學習一下別人的方法。」

「就算是有辦法，但駭客攻擊這種行為，是暗地裏突然發起的攻擊，事前是不會有任何徵兆的，不具備可預測的條件啊！」小吳還是不相信劉嘯能事先得知愛沙尼亞會有駭客攻擊發生。

「是啊！」方國坤捏了捏下巴，「我也很納悶，他到底是怎麼預測出來的呢？」

「那咱們怎麼辦？」小吳問。

「等劉嘯回來再說吧！」方國坤只得放棄了猜測，猜肯定是猜不出劉嘯是怎麼預測出來的，「這次愛沙尼亞和俄羅斯之間的網路戰，發展到這裏，看似會不了了之，但其實不然，你把所有資料整理一下，我要向上級做一次彙報！」

「是！」小吳立正，然後又問道：「你也相信那記者的猜測，認為這是在作秀？」

「作秀不可能！」方國坤擺了擺手，「愛沙尼亞加入北約後，就與俄羅斯交惡，這次又要搬遷蘇軍的紀念碑，俄羅斯不可能跟他聯合起來演戲。但記者的猜測卻不無道理，這些年，歐美幾個資訊化程度較高的國家，一直不斷爭取要在對付駭客攻擊方面立法，有法可依，就能最大程度減少駭客攻擊的機率，事情發生時，也不至於一味地吃啞巴虧，但他們得為自己的立法尋找足夠的依據，眼下就是個機會。我得向上面彙報此事，我們趁這個機會，也得跟上歐美國家的腳步，要是別人都立法了我們不立，那我們就是下一個愛沙尼亞了。」

此時劉嘯正興奮地滿屋子打轉，現在可好了，有多少家媒體的衛星車已經把軟盟這個名字瞬間播報到全球的各個角落，那些歐美安全機構，就是再厲害，媒體公關能力再強，此時也已經來不及了，媒體們之後肯定還會有相關的報導，甚至持懷疑態度的媒體，還會來打探軟盟的老底，當全世界所有人的眼球都注意到軟盟時，劉嘯倒想看看那些歐美機構能遮住幾雙。

威爾也十分高興，「太好了，沒想到會這麼順利，事先我們還制定了多套計畫，就算Hillar不說，媒體也會引導他們提到軟盟的名字！」

「看來我可以回國了！」劉嘯笑著，「這次愛沙尼亞之行，全靠威爾先生細心安排，才會如此順利，多謝了！」

「劉先生客氣了！」威爾笑著搖頭，「這都是錢先生吩咐我做的，剩下的事他也已經安排好了，之後會有多家媒體在軟盟產品上展開對峙，但最後勝利的，肯定是軟盟！」

劉嘯笑著：「那是當然，因為我們的產品確確實實是抵擋住了駭客的攻擊！」

劉嘯在塔林多待了一天，等國內送來消息，說是已經接到了愛沙尼亞政府的訂單，劉嘯才讓威爾幫自己訂了回國的機票，另外聯繫Hillar，準備辭

行。

國內的網路一關閉，Hillar難得清閒了下來，聽到劉嘯要走，就過來為劉嘯送行，親自把劉嘯送到了機場。

「Hillar先生，這次塔林之行能夠認識你，我非常地榮幸，你讓我長了很多見識！」劉嘯笑呵呵地看著Hillar，「以後再有機會，我還會再來向你請教的！」

「會有機會的！」Hillar看著天上一駕準備降落的飛機，「你說的那個提議，我考慮過了，我覺得挺好，相信有你們的技術，再加上我們的經驗，肯定能夠創造出很多有成效的方法，我願意在這方面加強和你們的合作！」

「那太謝謝你了！」劉嘯一聽十分高興，「我回去之後，就會儘快啟動這個課題，到時候少不了要麻煩Hillar先生！」

「沒有問題！」Hillar又和劉嘯握了握手，「我隨時歡迎你們的到來。最後，祝劉先生一路平安！」

第六章　防禦機制

劉嘯搖頭，「我覺得真正的解決辦法，是發展瞬間防禦技術，以此為根本，建立一套防禦突然襲擊的機制以及多套應急方案，這就好像重要人物身邊的保鏢系統，刺客突然發起襲擊，但有了這套保鏢系統，他不一定會成功！」

飛機降落在海城機場的時候，劉嘯想，來接自己的，肯定還是業務部的主管，誰知一出機場，接待的場面嚇了劉嘯一跳。

「嗤嗤」一陣閃光燈閃過。劉嘯反應過來，趕緊四下裏打量了一番，難道和自己同一班飛機的，還有什麼大人物不成？

劉嘯還在愣神的工夫，記者們的問題就鋪天蓋地殺了過來：

「請問此次愛沙尼亞之行，是否意味著軟盟已經準備出擊海外市場了？」、「軟盟出售給愛沙尼亞的安全產品，是什麼產品，是否也屬於策略級產品範疇？」、「拿到愛沙尼亞政府訂單後，軟盟下一步怎麼走？」、「愛沙尼亞遭受駭客攻擊時，劉總正好就在愛沙尼亞，請以一個親歷者的身分談一談對此事的看法吧！」、「軟盟的產品，是否真有愛沙尼亞政府說的那麼神奇？」、「劉總認為這場愛沙尼亞和俄羅斯之間的網路戰，將會走向何方？」

劉嘯當下定住心神，回答道：

「公司派我去愛沙尼亞，只是向愛沙尼亞的網路安全部門提交我們新產品的樣本，其他方面恕我無可奉告，至於是否準備出擊海外市場，得等我回到公司之後才能知道，不過目前公司還沒有這方面的決定。關於我們新產品性能的問題呢，這個不能由我們自己說了算，我們已經計畫向各國的網路安全部門都送交一分我們的產品樣本，性能到底怎麼樣，大家過一段時間去諮詢這些部門就可以得到答案！如果大家還有什麼需要瞭解的，就請稍等幾天，過幾天軟盟會召開一個新項目的新聞發表會，我在這裏先向大家發出邀請。」

劉嘯撥開這些記者，準備出機場。來接他的果然是業務部主管，他此時正在奮力地為劉嘯開路。

費了好大的勁，累得兩人出了一身汗，才算是擠出機場，鑽進了車子。

「趕緊開車！」業務部主管一邊吩咐司機開車，一邊用手搧著風，「劉總，看見沒，外面這陣勢是越來越大了，在國內，估計還沒有哪家公司有咱這派頭！」

「呵呵……」劉嘯笑著，「只要他們不圍剿我，一切都好說！」

「公司的人都準備為你接風慶功呢！」業務部主管說著，就興奮了起來，「你不知道，這幾天咱們軟盟收到的傳真、信件，疊起來得有兩尺厚，全是對咱們那款新產品有興趣。」

「你們報價沒有？」劉嘯最關心的就是這個，「你趕緊通知公司，如果

有問價錢的，就說一套產品三十萬美金！」

「三十萬！」業務部的主管以為自己聽錯了呢，「能賣得出去嗎？」

「絕對能！」劉嘯點頭，「放心大膽地去報就是了！」

「行！」業務主管一咬牙，「反正聽你的不會錯，我現在就通知他們，讓他們更改報價！」

「對了！」劉嘯一抬手，「順便讓公司的人聯繫一下華維，就說我們有大項目要和他們合作，問他們願不願意！還有……」

劉嘯突然不說了，道：「算了，熊老闆和錢先生那裏，我還是親自跑一趟吧，你通知華維就行了！」

「劉總！」業務主管有點狐疑，「咱們有什麼大項目要和華維合作？找他們似乎不太合適吧！」

「你通知就行了！」劉嘯呵呵笑著，「我是經過深思熟慮後才做出的決定，等回到公司，我再告訴你大項目是什麼，為什麼要和華維合作！」

「行！」業務主管點頭，笑著開始撥電話，「我看我乾脆通知他們準備開會得了，呵呵！」

劉嘯回到公司時，全公司的人都拍手歡迎，就連大樓的保安、清潔人員都跑來湊熱鬧，場面一點都不比機場遜色。

好不容易把這些人都對付走，劉嘯和公司幾個主管進了會議室。

劉嘯看著大家，「不辱使命，這次愛沙尼亞之行圓滿成功，為我們產品出擊國外市場打開了一個口子，接下來的事，是我們早都安排好的，通過媒體的報導，徹底掃清我們搶佔國外市場的輿論障礙。」

「我到軟盟這麼久了，這兩天是我最痛快的。」財務部的主管笑著，「帳面上瞬間就多了幾千萬美金，這是什麼感覺？就一個字，爽！」

劉嘯一樂，「愛沙尼亞把錢匯過來了？」

財務部的主管點頭，「帳面上已經看到了，但現在還不能動，銀行那邊還在確認和調查，相信很快就能動了！」

「太好了！」劉嘯笑著站了起來，道：「最近這段時間，咱們軟盟發展得是真不錯，所有的員工都挺辛苦，可之前咱們財政上一直是只出不進，欠了大家不少的獎金沒發呢，等這筆錢確實到賬，就馬上給大家發獎金，就發美金！」

帳上有了錢，劉嘯說話底氣也足了，站著說話腰都不疼了！

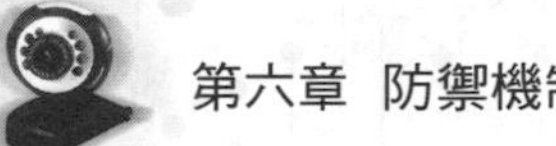

劉嘯又問：「愛沙尼亞那批產品現在弄得怎麼樣了？」

商越立即答道：「貨已經全都準備好了，最遲明天早上，一定把貨送到愛沙尼亞大使館，然後由他們轉交過去。」

「那就好！那咱們就討論一下公司接下來應該往哪個方向發展！」

看大家都沒說話，劉嘯道：

「我先說我的看法，我覺得，咱們目前的首要任務，是借著這股東風，把咱們策略級產品迅速推向全球，如果拿到了安全市場的領導權，那咱們今後的日子就會好過多了。至於怎麼把我們的產品推出去，以前也商量過一些辦法，我現在總結一下，就是，第一，在全球建立一套代理銷售網路；第二，主推策略級安全引擎，讓我們的策略級成為安全界的新標準。第一點呢，我們已經交給錢先生去做了，他的實力大家應該都可以放心，這次愛沙尼亞之行，如果沒有他的幫助，我們軟盟不可能這麼成功。至於第二點，我之前曾提議過要和華維合作，把我們的安全引擎授權給華維去開發安全產品。」

這些以前都討論過了，和華維的合作，公司的幾位主管除了商越外，其他的都投了反對票，當時劉嘯全身心都投在防火牆的開發上，看看一時無法說服大家，就只好暫且作罷，現在不過是舊事重提罷了。

業務部主管便道：「劉總，我覺得還是不選華維的好，我們完全可以扶持一些小的企業，這樣不會對我們造成什麼威脅，華維對於我們造成的壓力太大，一旦華維在安全市場做大，將來反制我們，我們就會很被動！」

其他幾個主管也表示同意，紛紛點頭。

商越說，「如果連華維都要怕，那我們還談什麼出擊國外市場？」商越看著眾人，「我的意見，如果要授權，就一定要把安全引擎授權給有實力的大企業，小企業就算拿到我們的安全引擎，也開發不出像樣的產品，最後只會砸了我們的招牌。再說，僅憑我們軟盟的力量，想要徹底把目前的安全格局翻盤，這不實際，最後吃虧的還是我們。我同意劉總的意見，有一個華維這樣的企業對我們軟盟保持一種壓力，也能促使我們不斷進步，發展過快，容易讓我們迷失。」

其他人立刻反駁，「那我們也完全可以找個實力相當的企業合作嘛，大家都站在一個起跑線競爭，這也算是市場良性競爭的需要嘛！」

劉嘯看一時也沒有結論，就打斷了他們的話，道：「好，大家先聽聽我的想法吧！」劉嘯一頓，道：「在說我的想法之前，我想先說另外一件事，

剛才我在回公司的路上，已經簡單地和業務部主管說了一下，我決定把咱們硬體防火牆的硬體部分，交給華維去做！」

此話一出，在場的人都炸了鍋，把安全引擎授權給華維已經不能讓人接受了，現在還準備把硬體防火牆的硬體交給華維去做，這不是幫著華維賺錢嗎？

「這個我堅決不同意！」好幾個人立刻站起來反對，臉都紅了，「以前我們硬體防火牆的硬體部分，都是自己做的，硬體防火牆雖然是硬體開頭，其實最重要的還是程式部分，硬體本身根本沒有什麼技術含量，而且利潤非常大，我們自己完全能夠勝任。」

「先別急著反對啊！」劉嘯呵呵笑著，「總得先讓我說幾句吧，說完你們再反對也不遲！」

眾人這才意識到剛才急得都失態了，紛紛坐回去，「劉總你說！」

「我之所以選擇和華維合作，除了商越剛才說的那幾點外，還有一些其他的原因。」劉嘯笑著看著眾人，豎起一根手指，「一，技術沒有永遠領先的，我們的策略級產品目前是領先的，但世界上多的是技術天才，如果我們不能很快將自己的這點領先優勢利用起來，只要新技術一出，我們就成了淘汰品。而選擇實力雄厚、市場穩定的安全企業合作，他們會幫我們在很短的時間內，將策略級核心推廣到世界上的每個角落，這樣即便將來有更領先的技術出現，我們也有足夠大的市場容量來緩衝壓力；二，華維在全球電信領域擁有領導地位，他們的設備賣到了全世界，在營運商這個市場，他們是呼風喚雨，把硬體交給華維去做，在相容性、匹配性、負載性上都能保證我們的產品達到營運商級別的要求，我們幫華維拿下這個市場，其實也是幫我們自己拿下了營運商級別的市場；第三，也是最重要的一點，我們軟盟需要一個忠實的同盟、一個可靠的戰友。你們有沒有想過，為什麼歐美企業可以瞬間抱成一團，一齊對付我們軟盟，甚至這裏面還有國內企業參與，而我們軟盟卻只能獨立支撐？你們有沒有見過國內企業聯合起來對付境外企業？」

眾人不語，這個倒是很少見到。

「其實最近一段時間，我一直在琢磨這個事情，國內從不缺乏技術天才，卻始終出不了在全球安全界叫得響的企業，這令我非常費解。」劉嘯搖了搖頭，「我想這一方面是我們不團結，另一方面則是對手太團結，如果我們軟盟只是想做中國一流的企業，那我們完全可以放手去對付華維，大家不是你死，就是我活，但如果我們想做世界一流，就得為自己找個幫手，否

則，你剛往外邁出一步，就有人在背後給你拆臺，你永遠也別想出去！我們是鶴蚌相爭，境外的企業卻是漁翁得利，不管是華維吃掉我們，還是我們打敗華維，到最後吃虧的，都是國內的企業！」

商越咬咬牙，道：「我們必須要做世界級的企業，否則，我們走到哪裡都會被人輕視的，上次的黑帽子大會就是這樣。如果中國有世界級安全企業，那不管誰反對，只要我們不到場，他們就不敢為會議帶上『世界』兩個字。這次的愛沙尼亞事件也一樣，你們別看這兩天來了那麼多國外媒體，他們不是給軟盟來捧場的，他們是來挑刺的，是準備隨時看軟盟笑話的。」商越大概是想起了上次黑帽子大會的事，越說越激動。

劉嘯趕緊打住商越的話頭，「咱們還是回到正題，該說的也都說了，大家都表示一下吧，華維的事已經拖了很久，總得給人家一個答覆吧！」

「咱們還是老規矩，同意的舉手！」商越說完，自己第一個把手舉起來，她看了看眾人，「要做世界級的企業的，就舉手。」

其他幾位主管，咬牙想了半晌，最後都把手舉了起來。

「好！」劉嘯一拍桌子，這事就算是拍板定案了，「這次愛沙尼亞之行，讓我有了很多新的想法，不過還不成熟，等我回去再仔細想想，想清楚後再跟大家說，今天的會就到這吧！」

劉嘯回到辦公室，給熊老闆和錢萬能打了電話，彙報自己回國的事，誰知兩人都不在海城，一起去了封明，劉嘯只好在電話裏簡單地說了一下經過。

第二天上午，方國坤來到了軟盟，門口的接待美眉第一時間就看見了他，「你好，你找我們劉總吧？」

「他在公司吧？」方國坤問道。

「在辦公室，我幫你去通報一下！」接待美眉正準備去通知劉嘯。

「不用了！」方國坤一抬手，「我自己去找他就可以了！」說完邁步進了軟盟。

進去一看，劉嘯正坐在辦公桌前，手裏捧著本書正看得入迷，都沒顧得上抬頭看一看進來的是誰。

方國坤奇怪道：「看什麼書呢，這麼入迷？」

劉嘯一聽聲音，趕緊放下書站了起來，一臉驚喜地走了出來，「怎麼是你啊，趕緊請坐，方先生！」

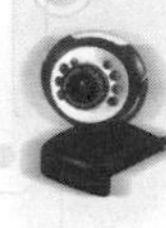

「在看什麼書呢？」方國坤瞥著桌子上的書。

「隨便瞎看的！」劉嘯過去把書一捧。

「《下一場世界戰爭》？」方國坤有點意外，「你怎麼突然看起這書了？」

「你也看過？」劉嘯問著，把書扔到了桌上，陪方國坤坐到了一旁的沙發裏。

方國坤笑著，「美國軍事預測學家詹姆斯‧亞當斯的作品，我以前翻過幾頁。你怎麼會對這個感興趣了？」

「我不是剛從愛沙尼亞回來嗎，」劉嘯給方國坤倒了杯水，「感觸頗深，就找了這本書看看！」

「什麼感觸，說來聽聽！」方國坤來了興趣。

劉嘯援引了書中的一段話，「在未來的戰爭中，電腦本身就是武器，前線無處不在，奪取作戰空間控制權的不是炮彈和子彈，而是電腦網路裏流動的比特幣和晶元組，亞當斯這句話一點都不誇張啊，這次在愛沙尼亞，我算是見識到了，網路戰的威力遠比我想像的還要厲害！」

方國坤笑著，「關於這個問題，其實之前就有過很多討論，有人曾說過，說第一次世界大戰是『化學家的戰爭』，第二次世界大戰是『物理學家的戰爭』，而未來的戰爭，則是『電腦專家的戰爭』。新世紀的軍隊，他們要應付的不是槍林彈雨和狂轟濫炸，而是突然發起的網路襲擊！」

「對對對！」劉嘯一拍大腿站了起來，念叨著：「應付突然的網路襲擊，沒錯，就是這句話，一語中的！」

「你這是怎麼了？」方國坤被弄糊塗了。

「哦，沒什麼，沒什麼！」劉嘯笑著搖頭，「我看了半天，一直想找個合適的詞出來，你這句話不錯，剛好就是我要表達的意思！」

方國坤還是沒明白過來，愣愣地看著劉嘯。

「是這麼回事！」劉嘯又道：「這次愛沙尼亞的經歷，讓我有了個新的想法，我準備在軟盟搞一個研究課題，題目就是『如何應對突然發起的網路襲擊』。」

「你怎麼會有這個想法呢？」方國坤有點好奇，這應該是政府網路安全部門才會考慮的問題。

「我的職業是做安全防護！」劉嘯瞪大了眼，「這是個安全問題，不是嗎？」

「是！」方國坤只得點頭，這確實是個安全問題。

「如果我解決了這個問題，是不是非常有市場？」劉嘯又問。

「這個……」方國坤還真有點難以回答了，「應該很有市場吧！」

「我在愛沙尼亞已經諮詢過了，西方很多國家的網路安全方案，都是由專業的安全公司提供的，而現在他們最頭疼的問題，就是如何去應付網路襲擊。」劉嘯看著方國坤，「其實很多人都明白，愛沙尼亞這次的事，鬧得越大，就越有利於解決網路襲擊的問題。」

方國坤有點意外，沒想到劉嘯也看穿了問題的本質，「你接著說！」

「頻繁的網路攻擊讓他們煩不勝煩，為了減少損失，他們才開始尋求立法，不過，我認為這只是個治標不治本的方法，一時或許管用，但不是上策！」劉嘯喝了口水，「立法或許能讓攻擊的次數減少，但攻擊的品質卻不會下降，再加上很難取證，立法其實只是一紙空文，就算知道對手是誰，你也抓不到實質證據。而且現在駭客攻擊的手段越來越高明，玩得更多的，是瞬間攻破，就跟你剛才說的一樣，是真正的突然襲擊，這種攻擊更加隱蔽，更加突然，危害遠遠超過那些頻繁的攻擊，就是立再多的法，對方只要使出一次，就要了你的命，命都不在了，你的法還有什麼用？」

「呵呵，你說得挺有意思！」方國坤笑著，「那你有什麼主意？」

劉嘯搖頭，「主意倒是沒有，但我覺得真正的解決辦法，是發展瞬間防禦技術，以此為根本，建立一套防禦突然襲擊的機制，以及多套應急方案，這就好像重要人物身邊的保鏢系統，刺客突然發起襲擊，但有了這套保鏢系統，他不一定會成功！」

「想法不錯，比喻也很形象！」方國坤笑了起來，這個劉嘯真是不簡單。

「想法是不錯，但做起來卻不是那麼簡單，搞這種課題，涉及的領域實在是太多了，僅憑軟盟自己，根本搞不出來！」劉嘯嘆了口氣，「想賺到這桶金子，並不是一件容易的事。算了，這事以後慢慢再看機會吧。對了，你今天怎麼會有空過來？」

「我是想來請教你一個問題！」方國坤看著劉嘯，「你怎麼會知道愛沙尼亞會有駭客攻擊發生？」

原來方國坤還想旁敲側擊的，現在乾脆直接把自己心裏的疑問拋了出來。

「哦？」劉嘯有點意外，看著方國坤道：「你真想知道？」

方國坤點頭，「我很好奇，因為駭客攻擊根本無法預測！」

「也不盡然！」劉嘯走到自己的辦公桌前，在抽屜裏翻了半天，最後拽出一疊檔案，然後走到方國坤跟前，「看似不可琢磨的事，其實也是有一定規律可以遵循的，這就是我知道會有大規模駭客攻擊發生的依據！」說完，把那疊文件放在了方國坤面前。

方國坤抬眼一看，只見文件上有個大大的題目——《風神論文合集》，當下不禁驚詫得叫出聲來，「風神！」

「怎麼了？」劉嘯看方國坤那麼驚訝，有點意外。

方國坤怎麼能不驚訝，他以前曾經調查過風神和劉嘯的關係，結果一點線索都找不到，現在劉嘯卻突然拿出這疊東西來，他能不意外嗎，心裏開始琢磨劉嘯這是什麼意思，是這小子真的和風神有什麼關係，還是這小子發現了自己調查他和風神的事，給自己來一個敲山震虎呢。

「沒什麼！」方國坤定住心神，拿起這疊檔案，緩緩道：「我記得上次軟盟的客戶被駭客圍攻，當時網上也有一個叫做風神的人站出來，說要制裁那些在暗處攻擊軟盟客戶的邪惡組織。看來你和這個風神一定很熟了？」

這下換劉嘯吃了一驚，要不是方國坤說起，自己都快忘了自己曾經冒充風神的事，不過這可不能告訴方國坤，當下連連搖頭，「我要是認識他倒好了，也好當面跟他道謝，當時也只有他站出來說了句公道話！」

方國坤看著劉嘯，沒察覺劉嘯神色有什麼變化，就笑著翻開那疊檔案，「那這麼說，是這個風神預測出愛沙尼亞會有大規模駭客攻擊？」

「那倒不是！」劉嘯伸手翻了幾頁，指著一篇文章道：「你看看這篇，風神總結了近三十年來每次大規模駭客事件發生的時間，最後得出一個結論，每隔三年左右，世界就會爆發一次大規模的駭客事件。」

「哦，還有這事？」方國坤有點吃驚，趕緊拿起檔案看了下去。

等看完這篇論文，久久沒有說話，嘆道：「不可思議，太不可思議了，駭客的攻擊行為居然還真的符合這個波動。」

「我第一次看到這篇論文，也覺得不可思議！」劉嘯笑說，往方國坤的杯子裏又續了些水，道：「這次軟盟能夠突破西方安全機構的封堵，這篇論文幫了我們很大的忙，為了等這次機會，軟盟已經準備了很久，加上上回，我們總共欠了風神兩個大大的恩情！」

方國坤又把這篇論文翻了一遍，奇道：「可這篇文章並沒有說駭客攻擊會發生在愛沙尼亞啊！」

「風神要是連這個都能預測出來，那他就真的是神了！」劉嘯笑了起來，「愛沙尼亞的事，是我們自己預測出來的。」

「哦？」方國坤放下文章，「那你們是怎麼預測出來的呢？」

「分析啊！」劉嘯抬眼看著方國坤，笑道：「我剛才不是說了嗎，我們軟盟早就在為這事做準備了，我們一直密切關注著圈子裏的一舉一動，任何訊息，我們都會認真地分析一番。半個多月前，我們終於發現了一些線索，有神秘組織在大規模地收購殭屍網路，價錢很高，他們的租期剛好就在九號左右，所以我們判斷九號這天肯定會有大規模駭客攻擊事件發生。」

「那怎麼知道會是在愛沙尼亞呢？」方國坤問道，這才是他關心的重點。

「愛沙尼亞一直都是駭客喜歡光顧的地方，我們在一些駭客經常出沒的論壇、聊天室搜集資訊，發現有人有意無意曾提到過九號這天會幹一件大事，而且提到了愛沙尼亞！」劉嘯笑了起來，「時間上完全一致，所以我們猜想駭客攻擊的對象會是愛沙尼亞。其實，這也是一種賭博，去愛沙尼亞之前，我心裏也沒有底，萬一判斷失誤，我們之前做的各種努力就全白費了，再等機會，就得又要三年了。」

方國坤終於解開困惑了自己好幾天的謎團，原來軟盟是這樣做出的預測，看劉嘯說得條理清楚，應該是說的實話。

方國坤又拿起那疊檔案，他真的是沒有想到，劉嘯他們做出一切判斷和行動的總依據，竟然會是一篇在網上隨便發表的帖子，而發帖的人還被譏笑為有精神病。

世界上怕是也只有劉嘯敢這麼做了，他相信自己是對的，並為自己的判斷去積極準備。相比之下，自己情報機構的那些預測專家，整天說這個不能預測，那個不可預測，自己的預測總是對的，而別人的預測總是缺乏科學依據，可為什麼劉嘯能根據一個精神病的話就預測出那些專家認為不能預測出的事呢，到底什麼又是科學，什麼又是預測呢？

方國坤今天在劉嘯這裏終於找到了一些新的東西，一種讓他感到昇華的東西。所謂的預測，就是在現有資訊的基礎對未來的一種推測，如果真的有那麼一種預測的方法，能讓你做到百分之百正確判斷，那就不再是預測了，而是一加一等於二的事，是一種常識，是一種科學規律。

劉嘯去預測根本不可預知的駭客事件，全憑的是他腦子裏那個「今年一定會發生大的駭客事件」的信念，而真正讓他成功的，其實是他前期精心的

準備工作，是他搜集來的那些資訊，以及他精準的判斷和分析能力。

這讓方國坤對自己今後的預測工作突然有了新的想法，如果自己始終能有一種「明天一定會發生大事」的理念，然後去積極搜集和分析每一個細微的線索，那麼，預測將不會是一件難事。

「你在想什麼呢？」劉嘯看方國坤半天沒說話，就問道，然後心裏直嘀咕，不會是方國坤不相信自己的解釋吧。

「沒什麼！」方國坤笑著搖頭，「你今天的話讓我深受啟發！你對這次愛沙尼亞的事，還有什麼看法，或者是預測嗎？」

「這事肯定不會這麼快結束，根據風神的理論，任何大規模駭客攻擊事件，平息都不會那麼快，需要一段時間來消化攻擊所產生的影響。我看愛沙尼亞還會繼續發生攻擊事件，只是規模不會有九號那麼大了，不過……」劉嘯突然一頓，然後沉聲道：「攻擊所波及的範圍會加大。」

「會有多大？」方國坤問道。

「這個就說不準了！」劉嘯搖頭，「最有可能被波及的，我想就是我們軟盟了，想出名是要付出代價的。」劉嘯無奈苦笑。

「你認為那些發動攻擊的駭客，會因為你向愛沙尼亞提供防火牆而遷怒於軟盟？」方國坤問著，這個倒還真是有可能會發生。

「有備無患嘛！」劉嘯站了起來，「我去愛沙尼亞之前，就已經對軟盟所有的網路進行了加固，二十四小時都有人看守，另外，我還通知了我們所有的客戶，讓他們最近一段時間務必做好資料的備份，防止駭客事件發生。軟盟半年裏連遭多次攻擊，在這方面已經累積了不少經驗，就算他們想要再次攻擊我們，已經不是那麼容易了。」劉嘯說完，皺著眉頭，「讓我最擔心的，反而是海城的網路，如果真的波及到了我們，那首先被考驗的，就是海城網路的負載能力。」

方國坤頓時動容，這劉嘯也太厲害了，邁腿走第一步的時候，就已經想到了三步以後的事，也難怪他能將軟盟用半年的時間就搞得聲名鵲起。

「今天早上，我已經讓公司的風險專家到網監去了，提醒他們最近要加強防範和監測，相關的風險預警，隨後我們會通過網站和軟體平臺發佈！」劉嘯嘆了口氣，「但願這些都是多餘的！」

方國坤嘆了口氣，愛沙尼亞事件發生後，國內有多少媒體在關注，有多少專家在那裏研究分析，顯得他們比誰都關心，比誰知道的內幕都要多，但卻沒有一個人會想到發生在愛沙尼亞的事也會波及到自己身上，他們都只是在看別人的熱鬧而已，只有劉嘯才是在認真地思考著事情的前因後果。

今天到這裏來，方國坤本來只是想弄清楚劉嘯如何預測的事，現在卻讓劉嘯給他好好上了一課，方國坤有些高興，也有些惋惜，高興的是劉嘯真的具有天才的潛質；而惋惜的是，自己永遠都不可能和這個天才成為朋友了，因為自己的工作就是監控這些天才，天才很討厭自己被監控，但天才的思想往往決定著世界的走向。

「我回頭會通知海城的相關責任人做好防範的，你放心吧！」方國坤笑著，「就算他們真的來了，頂多是波及，不會大過愛沙尼亞事件，只要做好防範，我想海城方面能夠應付過來的。」

「那就好！」劉嘯眉頭終於舒展開來，「由你去通知他們，我想他們肯定會重視的！」

「哦，對了！」方國坤想起一事，「上次我從你這裏拿回去的專業版軟體，我們測試過了，安全性相當高，在篩子系統上，我們找到了一種躲過檢測的辦法，但打過補丁之後，我們就無能無力了。」方國坤從自己的公事包裏掏出一個檔案遞給劉嘯，「這是答應給你的檢測報告，現在交給你了！」

「謝謝，謝謝！」劉嘯非常高興，拿過來快速一翻，轉身放到了自己的辦公桌上，「看來我們的軟體又能把安全性提高一點了！」

「這份報告我還轉交給了其他一些部門，我們的很多關鍵網路上，非常需要你們這種高性能的安全產品，相信他們看了之後，一定會對你們的產品感興趣！」

「太謝謝你了！」劉嘯又去給方國坤添了水，「你可幫了我們一個大忙啊！」

「不必客氣！」方國坤客氣著，「向他們推薦最好的安全產品，是我的職責之一。再說了，我也有件事想要請你答應呢！」

「什麼事？」劉嘯問道。

方國坤拿起桌上的《風神論文合集》拍了拍，「這件東西，我想帶走！」

「咳……」劉嘯大汗，「你要看的話，拿走便是了，這麼客氣幹什麼，這又不是什麼值錢的東西，網上隨便就能搜到的！」

「好，那我就不客氣了！」方國坤把檔案裝進自己的公事包，然後站了起來，「行，那我就不打擾你了，告辭了！」

中午劉嘯正在樓下吃飯，接待美眉匆匆跑了來，「劉總，別吃了！」

劉嘯笑道：「怎麼？發了獎金要請我吃飯啊？」

「不是！」美眉一搖頭，「樓上來客人了，找你呢，是華維的！」

「哦！」劉嘯應了一聲，把剩下的幾口飯呼呼一扒，跟在接待美眉的後面上了樓。

到了辦公室，就見顧振東正在裡面。

顧振東指著自己身後的一人，「我給你介紹一下，這是我的助手，烏豐禾，昨天就是他接了你們的電話，景程這兩天剛好有事要忙，我就帶著小烏一塊過來了！」

「初次見面，招待不周，還請烏先生見諒！」劉嘯笑呵呵地伸出手，和烏豐禾握了一下。

顧振東道：「你說要和我們華維合作搞一件大事，到底是什麼事？」

劉嘯笑呵呵看著顧振東，「其實是兩件事，第一件事，就是上次咱們說的事，昨天公司終於通過了，決定把安全引擎交給華維去開發，另外，我們準備把硬體防火牆的硬體部分也交給華維去做。」

「這沒有問題啊！硬體是我們最擅長的，交給我們去做肯定沒問題。那第二件事呢？」

劉嘯笑道，「第二件事太大，不急著說！」說完，就看著烏豐禾。

顧振東是誰啊，劉嘯只一個眼神，他便知道是什麼意思了，於是轉頭對烏豐禾道：「小烏，咱們今天大概是回不去了，你幫我去酒店訂個房間，今天晚上住這兒。」

烏豐禾不敢耽擱，一聽顧振東這話，立即站了起來，「那我現在就去辦！」

等烏豐禾離開，顧振東道：「現在沒旁人，就你我兩個，有什麼事，你就說吧！」

劉嘯坐到了剛才烏豐禾的位置上，「顧總，說這事之前，我先請教你一個問題！」

「說吧！」顧振東道。

「關於華維的安全業務，你當初心裏是怎麼打算的？」劉嘯看著顧振東，「準備搞多大？是準備長期做下去，還是賺回本就撤出？」

「你認為呢？」顧振東看著劉嘯，「我現在人都坐到你辦公室了，你說我是怎麼準備的！」

「那就成！」劉嘯頓時露出歡喜的神色，顧振東這麼說，他就知道顧振東的意思了，如果只是打算撈一把，顧振東就不會親自出馬了，「我有個大計畫，想和華維合作。」

「有多大？」顧振東看著劉嘯。

「咱們兩家聯手，一舉拿下整個世界的安全市場！」劉嘯說得一點都不像是在開玩笑。

顧振東驚愕地看了劉嘯十來秒，然後慢慢地說：「你不是在開玩笑？」

「您認為呢？」劉嘯很嚴肅地看著顧振東。

顧振東有點摸不準劉嘯的意思，看他神色，似乎不是在說笑，但這句話怎麼聽都覺得是笑話，「你具體說說吧！」

「如果華維沒這麼大胃口，我也就沒有說的必要了！」劉嘯慢慢啜了一口茶。

「呵呵……」顧振東笑了起來，「華維的胃口絕對比你想的還要大，只是，你為什麼要找我們合作？」

「因為這事必須有兩個企業聯手才能做成，我需要一個可靠的夥伴，獨角戲不成！」劉嘯看著顧振東。

顧振東看劉嘯說得煞有介事，好奇之心不禁大起，「你確定不是在說笑？你有幾分把握？」

「我沒有把握！」劉嘯從來是不盲目打包票的，「就看你們敢不敢賭一把！」

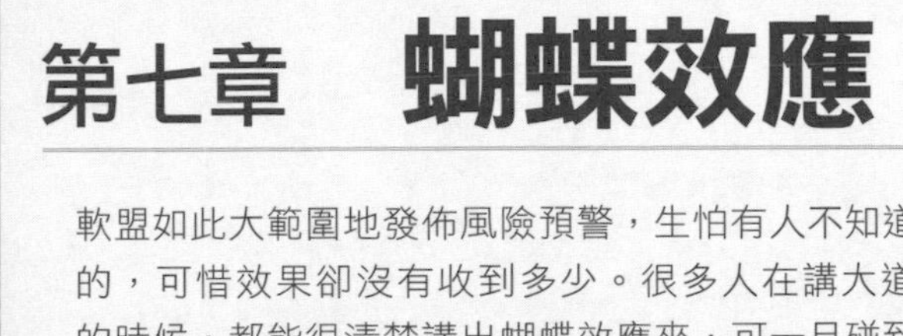

第七章　蝴蝶效應

軟盟如此大範圍地發佈風險預警，生怕有人不知道似的，可惜效果卻沒有收到多少。很多人在講大道理的時候，都能很清楚講出蝴蝶效應來，可一旦碰到事情，卻不一定能理出個前因後果來。

顧振東拿起杯子，喝著水，臉上不斷變換著神情，顯然，他的內心正在做著一個抉擇，如果不先答應合作，劉嘯斷然不會把合作的細節說出來，但顧振東又非常想知道合作的細節，控制整個世界的安全市場，對他來說，實在是太具有誘惑力了。

「顧總您不必急著答覆我！」劉嘯笑說，「這事不急，而且也不影響我們的第一個合作項目。」

「既然如此，那你容我好好想想！」顧振東是很穩重的人，他明白，利益越大，就意味著要承擔的風險也越大，控制整個安全市場，他做夢都想，但他不能隨隨便便就陪著劉嘯去冒險，華維現在家大業大，折騰不起。

「我們還是先談一談眼下這個合作吧，你說的那個硬體防火牆，是不是就是你們這次提供給愛沙尼亞的那款？」

「沒錯！就是那款，因為開發得匆忙，我們還沒有來得及設計相匹配的硬體平臺，這次出售給愛沙尼亞的只是防火牆程式本身，愛沙尼亞需要自己架設硬體平臺才能投入使用。」

「咦？」顧振東有些意外，「據我所知，硬體平臺並不麻煩，而且現在你們這款防火牆正是如日中天，為什麼要把這好事分給我們華維？」

「因為我還等著您答應我們的第二個合作呢！」劉嘯笑道，「您可以理解為這是我們的誠意！」

「呵呵！」顧振東笑了起來，「這個理由很充分，不過，這不是你的風格，你小子這是拿我開玩笑呢！」

「那我就說實話吧！」劉嘯這下可不笑了，變得一本正經，「因為我認為我們應該是合作夥伴，而不是對手！長久以來，我們都誤解了對手這一個詞，遠的不說，就拿境外安全機構聯合封殺我們軟盟這事來說，你認為那些機構是合作夥伴，還是競爭對手？」

顧振東沒說話，這些境外安全機構確實是競爭對手，但他們在對付來自中國的潛在對手時，一直都是非常有默契。

「再拿其他行業來說，其實顧總你可以仔細回想一下，在國內市場上的那些境外品牌，他們很多都是競爭對手，但在你的印象中，你是否見過他們用互相殺價的方式來擴大市場？」劉嘯自己先搖了搖頭，「更多的時候，他們反而像是事先商量好似的共同抬價，去攫取更大的利益。相反，國內的一些本土企業，為了消滅對手，競相降價，最後一直降到賠本出售，當再也沒有本錢來跟對手耗的時候，他們就只有兩條路可走，要麼破產，要麼去投靠

境外品牌，市場就這麼拱手送給了洋人！」

劉嘯嘆了口氣，「顧總，你不覺得我們應該從那些境外品牌的成功上去學習一些東西嗎？你希望我們走那些本土企業的老路呢？還是聯手起來，讓那些境外企業無路可走？」

「你不用說了！」顧振東一抬手，「你的意思我明白，從你上次到雷城主動把企業級市場讓出來，我就知道你的心有多高了，你是個準備幹大事的人。你放心，就算我們之間沒有合作，軟盟出擊境外市場的時候，華維也不會扯你們的後腿！」

顧振東的華維當年開拓海外市場，面臨的問題和劉嘯基本一致，所有的對手突然聯起手來對付自己，就像他們之前並不是對手一樣，所以他深有感觸。

劉嘯看著顧振東，眼裏充滿感激，對於這種明白人，你根本就不需要做多餘的解釋，「他們能做到的，我們也能做到，那些境外企業之間可沒有謙讓，如果我們軟盟要靠著華維的謙讓和犧牲才得以衝出國內市場，那我們寧願先把你們打敗！」

「看來我不跟你合作也不行了！」顧振東笑了起來，「話都說到這份上了，我要是再不痛快點，就說不過去了，你說吧，怎麼做，我跟著你就是了！」

「等的就是您這句話！」劉嘯刷一下站了起來，「具體怎麼做，我都已經想好了！」

「我早知道你小子肯定有計劃了！」顧振東笑著，而且劉嘯肯定早就謀劃很長時間了。

「首先，我們雙方共同發力，迅速將國內市場攻佔下來，具體的作法，就是說服政府採購我們的產品，支持和扶持我們的發展，雖然有點難度，但也不是沒有機會，我正在等一個機會，這個機會馬上就會到來！」劉嘯果然是準備已久，連具體的辦法都想了出來。

「在鞏固國內市場的同時，就是要迅速確立策略級安全引擎在全球安全界的領導地位了，我準備把安全引擎授權給那些境外安全機構使用，讓他們幫我辦事，不過這得花點心思，但我不相信他們就是鋼板一塊，我很快就能想出辦法分化他們，讓他們接受我的安全引擎。而華維方面，就是利用你們在全球營運商的領導地位，向他們推銷我們的硬體防火牆，每套防火牆，華維拿三成的利，不過有一點，軟盟不會再把策略級安全引擎授權給華維。」

「為什麼？」顧振東心裏一驚，難道劉嘯只是想利用華維在全球營運商上的便利管道推銷自己產品，完了再把華維甩掉不成？雖然三成利潤對華維來說也能大賺一筆，但如果那時候軟盟真要回頭對付華維，華維可就沒招了，相對來說，華維更願意拿到軟盟安全引擎的授權。

「因為我們接下來還有更大的計畫，到時候華維才是重頭戲！」劉嘯走到顧振東跟前，附在他耳邊，嘰嘰咕咕說了一頓，然後又直起身來，道：「您認為這個計畫如何？」

「好，簡直就是以彼之術，還制彼身，到那時，就由不得那些境外安全機構了！」顧振東聽完劉嘯的話，疑惑的表情頓時換上了欣喜，而且是極度的欣喜。

「如果顧總認為沒有問題，那咱們就這麼說定了！」劉嘯笑著，「這事就你我知道，一旦走漏風聲，那我們可就都沒得玩了！」

「你放心，我會配合你演好戲的！」顧振東也笑著站了起來，嘆道：「看來我真的是老了！」

「我倒覺得顧總你越來越年輕了，你和我們一樣，有一顆喜歡冒險的心！」

「是嗎？」顧振東爽朗地笑了起來，劉嘯這話讓他覺得很中聽。

「那我一會兒就讓人準備召開新聞發表會了！這幾天剛好有一大幫海外媒體守著我們軟盟，咱們就趁這個機會，把這戲唱足了！」劉嘯看著顧振東，「你看怎麼樣？」

「沒問題，你是導演，我聽你的！」顧振東笑著，讓劉嘯一誇，他還真覺得自己年輕了不少。

「正事要緊，我現在就去通知公司，讓他們從現在起，就開始著手研製你們的那個硬體平臺！好了，我走了！」顧振東說著，就起身準備走人。

「我送你！」劉嘯趕緊去開門。

「送什麼，又不是外人！」顧振東攔住劉嘯，「你還是趕緊安排正事吧，能不能成功，可就全靠你了！」現在顧振東倒比劉嘯還要著急。

把顧振東送進電梯，劉嘯不禁樂得捏住拳頭揮舞，終於布好了局，就等自己大展拳腳了。

「劉總，你幹什麼呢？」接待美眉納悶地看著劉嘯。

「你幫我聯繫上次來咱們公司的那個康麥克，就說有筆合作要做，問他有沒有興趣！」劉嘯盯著美眉，「記住，馬上就去聯繫！」

幾分鐘後，軟盟的網站發出風險預警，近來愛沙尼亞的駭客攻擊，可能會對國內網路造成波及，軟盟提醒所有政府機構、銀行、媒體、企業做好各自網路的日常監管，防止意外發生。軟盟的那款個人安全軟體進行了同步的內容更新，把這條風險預警告知了每一個用戶。

同一時間，媒體們也接到了軟盟的邀請函，三天後，軟盟要舉行一次新聞發表會，宣布一項重大的決定，至於是什麼決定，邀請函中卻沒有提及。

軟盟如此大範圍地發佈風險預警，生怕有人不知道似的，可惜效果卻沒有收到多少。

很多人在講大道理的時候，都能很清楚講出蝴蝶效應來，可一旦碰到事情，卻不一定能理出個前因後果來。

軟盟的風險預警讓人看得一頭霧水，發生在歐洲一個丁點大國家的網路危機，怎麼會波及到中國來，那些攻擊愛沙尼亞的駭客，最基本的準頭還是應該有的吧？

那些最近一直被軟盟壓得喘不過氣來的企業，終於逮到機會了，利用自己所能調動的一切媒體發動宣傳攻勢，質疑軟盟如此興師動眾地發佈一則虛無縹緲預警的動機所在。他們的結論是，軟盟的這個風險預警，就是發給中國線民的一封赤裸裸的恐嚇信，目的是想讓所有人都使用軟盟的產品，是一種不正當的市場競爭行為。

這幾個企業的質疑，雖然沒有引起什麼大的風浪，但也讓不少人開始關注此事，誰是誰非，耐心等待一段時間便知道結果了，如果攻擊沒有波及到中國，那軟盟就是別有用心了。

方國坤看到這些質疑，只是微微皺眉，隨後扔下一句話：「這種質疑，只能證明自己的無能，一幫蠢貨！」

方國坤對這些企業的行為很是不屑，到時候攻擊真的出現，自己一定也要發出質疑，來質問這些企業為什麼就沒有事先發佈預警，他倒很想聽聽到那時候這些企業會如何解釋。

第二天，劉嘯正在辦公室裏搜集資料，辦公桌上的電話響了起來，劉嘯順手拿起來，「你好，我是劉嘯！」

「你好，劉先生！」電話裏傳來笑聲，「我是微軟的康麥克！」

「康先生你好！」劉嘯放下自己手裏的那些資料，「你收到我們的消息了？」

「是！」康麥克笑著，「我一直能在努力促成軟盟和微軟的合作，這次你能主動提出合作，我非常高興！」

劉嘯拽著電話往椅子裏一靠，「那我就開門見山好了，我們軟盟的策略級技術，康先生是早就知道的，經過一系列的測試和實踐，現在，這套技術已經非常完善了，我們準備把這一技術推向全球，讓更多的人享受到這一技術帶來的安全服務。」

「這是一件好事，我想很多人都在期待著！」康麥克不笑了，簡單地恭維了兩句，因為這對準備開拓安全市場的微軟來說，並不是一件好事。

「我們想和微軟合作，不知道您有沒有興趣？」劉嘯問道。

「和我們合作？」康麥克心裏琢磨著劉嘯的意思，試探性地問道：「劉先生準備以什麼方式合作？」

康麥克對這個合作並不抱有什麼希望，軟盟之前對自己提出的合作方式不滿意，估計自己也很難對他們的合作方式感興趣，雙方存在最根本上的分歧。

「我們已經把策略級技術封裝成了一個平臺，也可以說是一個安全引擎，通過這個引擎，誰都可以設計出策略級的安全產品，我們軟盟自己的安全產品，也是通過這個引擎製作出來的，在安全性能上，大家不會存在任何差異，所不同的，只是因各自在軟體製作水準上的高低而帶來的功能和執行效能上的差異。」劉嘯說完一頓，「不知道微軟對這個安全引擎有沒有興趣？」

康麥克大感意外，「劉先生是準備出售這個安全引擎，還是授權給微軟開發？」

「授權！」劉嘯說得毫不含糊，就是想要康麥克死了收購安全引擎的心思，「微軟在軟體製作水準上的實力，可以說是全球領先，我想安全引擎在你們手裏，肯定能發揮出最大的性能！」

康麥克可不是一捧就暈的人，他現在終於聽出了劉嘯的打算，看來劉嘯的胃口不小，計畫聽起來很好，但你採用了軟盟的安全引擎，除了每年要給軟盟支付使用費外，其實是在幫軟盟推銷他的產品。

康麥克可不傻，微軟完全有實力自己設計出安全引擎，沒必要使用別人的，但康麥克並沒有一口說死，道：「這個合作方式倒是挺有意思，這樣

吧，我跟總部聯繫一下，看看總部的意思。」

劉嘯似乎早預料康麥克會這麼說，呵呵笑著，「沒問題，您有足夠的時間來考慮，多久都可以！」

康麥克一聽這話，心裏開始發虛，劉嘯一副無所謂的樣子，難道是他已經和別的安全機構達成了授權協議不成？康麥克暗自慶幸自己剛才沒把話說死，現在這些媒體不知道是發了什麼瘋，瘋狂炒作軟盟的產品，天天在報紙雜誌上爭個不休，在歐美不少國家，軟盟的名字都已經快鬧到人人皆知了，如果軟盟真的是把授權給了別家，那微軟這兩年努力開闢的安全市場，估計就要大大縮水了。

「不會太久的，我一定督促總部儘快做出答覆，這點劉先生請放心。」康麥克做著保證，「不過，我想問一下，是不是授權給我們之後，軟盟就不會進入我們固有的市場？」這點康麥克一定要問清楚。

「那是當然！」劉嘯笑呵呵的答道，「今後在海外市場，我們只做授權，不過，這僅限於個人用戶市場和企業級市場，但你們可以用我們的安全引擎開發任何級別的產品！」

「好的，我清楚了！只要總部一有回覆，我就會通知劉先生你！」康麥克準備掛電話了。

「行，那我就等你的消息！」劉嘯說完，掛了電話，接著整理自己的資料，手上是還需要繼續整理和分析的資料，旁邊是已經整理出來的，被整齊有序地歸入了一個大的檔案夾，檔案夾上寫著一個斗大的標題：「網路戰的發展以及未來網路安全趨勢」。

研究完美國軍情專家寫的《下一場世界戰爭》還不算，看劉嘯現在認真的樣子，倒像是他自己也準備寫一本研究專著了！看來，他是真要搞那個大的研究課題了。

時間再過去兩天，軟盟的新聞發表會就要召開，這次軟盟把發表會設在了海城非常有名的國際會議中心召開。

事先外界已經開始在揣測，軟盟掃平國內個人用戶市場之後，已經準備要出擊海外市場了，而選擇在國際會議中心召開新聞發表會，本身就是彰顯這種決心的一種體現。

國內媒體早就盼著軟盟能出擊海外市場，他們希望軟盟能創出一塊屬於中國的世界級品牌。在國內媒體眼裏，軟盟能在黑帽子大會上擊殺西德尼，

力挫世界的質疑，後來又在愛沙尼亞力抗大規模資料洪水攻擊，這簡直就是民族英雄一般的表演，也證明軟盟已經具備了和世界一流安全企業一較高下的實力，大家都期待著軟盟能夠繼續創造更多的神話。

發表會還沒開始，國內的媒體已經進駐會場，等不及的，就拉著一旁佈置會場的軟盟員工問來問去，希望能刺探到一些發表會的內容。

會場還來了不少國外的媒體，和他們最近的報導方向一樣，這些人也分為了兩派，一派力捧，一派拆臺，兩幫人各自占了會場的兩邊，誰也不理誰，就等著發表會開始。

工作人員佈置完會場，把標有主要嘉賓名字的牌子擺在了會場前的桌子上。

剛一擺上，就惹得會場內媒體一陣騷亂，他們看到了華維總裁顧振東的名字，華維可是軟盟在國內最大的競爭對手，為什麼這次軟盟的新聞發表會，會有顧振東到場呢？

媒體們猜了半天，也沒猜出個子丑寅卯，好在發表會的時間也沒有幾分鐘了，謎底很快就能揭開。

時間一到，劉嘯和顧振東準時從會場的一個側門走了進來，身後還跟著一個老外，媒體們便把長槍短炮對準三人，一陣狂拍。

三人走到台前，顧振東和那個老外分別坐到了自己的位子上，而劉嘯則站在了講臺前。

等媒體們稍稍安靜，劉嘯便道：「感謝所有媒體給予軟盟的關注，特別是感謝今天到場的媒體，謝謝！」

劉嘯微微欠身，然後接著說道：「今天，軟盟在這裏舉行新聞發表會，主要是發佈今後在境內境外市場上的一些發展戰略，我們也希望借此機會，在全球範圍內尋求一些合作夥伴。」

劉嘯說完，簡單地介紹了一下軟盟的發展歷史和前身，過去的一些發展，然後是現在的狀況。

「現在，軟盟的市場定位更加準確，在產品上也更為豐富，軟硬兼施。截至目前，我們的個人版安全系統平臺，已經佔據國內個人安全市場六成以上的份額；企業版和專業版的銷售成績以每週百分之四十五的速度增長；要求提供企業網路整體安全方案解決的客戶，比半年前增長了三十七倍，客戶的施工日期一直延續到半年以後；硬體方面，我們研發了更高性能的高端產品，並取得了好評。」

「可以說，經過這些年的苦心磨礪，軟盟具備了非常雄厚的技術儲備、研發實力，以及強有力的競爭力，軟盟已經完成了當初創立之時的初期目標，接下來，軟盟需要一個更大的發展。為此，公司制定出了第二期的戰略發展目標。」

劉嘯說完頓了頓，又道：「從今日起，軟盟將為實現這個新的目標而再次啟航，在軟盟新的發展戰略裏，將包括國內國外兩個市場，軟盟將同時在這兩個市場上發力！」

國內媒體們等的就是這句話，頓時又嘩嘩一陣狂拍，有的已經激動地在叫好了。

等媒體安靜下來，劉嘯清了一下嗓子，道：「我首先為大家介紹軟盟在拓展境外市場上的一些細節。」

劉嘯看著前面的諸多媒體，「軟盟之前曾多次提到，個人版的安全平臺不會拿到海外市場去銷售和推廣，關於這個立場依然不會有所改變，個人版安全產品將來還只會在國內推廣，只發行中文版一個版本！」

台下的媒體這下全懵了，這怎麼回事啊，這麼好的一款產品，為什麼不拿到海外市場銷售，拿出去肯定同樣大火，大家都不知道軟盟這葫蘆裏到底賣的啥藥，想不通啊！

「但這並不意味著海外的個人用戶就無法享受到軟盟策略級產品的安全服務！」

劉嘯說完，看了坐在顧振東旁邊那個老外一眼，老外就站了起來，劉嘯一伸手，「我給大家介紹一下，這位就是來自德國BDHD安全科技公司的錢德勒先生！」

那個叫做錢德勒的老外便對著媒體示意。

「BDHD公司具有非常深厚的軟體研發實力，他們已經獲得了軟盟策略級安全技術的境外使用授權，在未來的一段時間內，BDHD公司將在軟盟的策略級安全引擎上開發出一系列安全產品，這些安全產品將會在德國以及更大的海外市場推廣。」

劉嘯笑著請錢德勒坐下，然後道：「策略級安全引擎是軟盟精心開發的新一代安全技術平臺，包括軟盟的所有安全產品在內，都是在這個平臺上開發出來的！在未來三個月內，軟盟還會在海外以及國內繼續尋找超過五十個的合作夥伴，通過同樣的授權方式，讓更多的安全企業得以設計出策略級安全產品，讓所有的人都享受到策略級帶來的全新安全體驗。」

「喔！」媒體們長舒一口氣，雖然這不是直接出擊海外市場，但已經算是一種擴張了，看來軟盟在海外拓展市場上，並不是急於求成，而是有個步步穩紮的全盤計畫，只是眾人還有不少的疑惑，等著一會發佈結束就開始發問。

劉嘯此時朝一旁的工作人員一招手，就見有兩個軟盟的員工共同捧著一個蓋著紅絲綢蓋頭的東西走了過來，把那東西放在了前面的桌子上。東西看起來四四方方，說大不大，說小不小，所有人便開始猜測這到底是個什麼東西。

「現在，我們請華維集團的總裁兼董事長顧振東先生，為我們揭開這塊彩幕！」劉嘯說完離開講臺，走到顧振東身邊，笑呵呵地請他站了起來。

顧振東也不推辭，站起來朝媒體一致意，就大大方方把那塊紅絲綢揭了開來。

眾媒體的鏡頭早都對準了，劈哩啪啦先是一陣猛拍，之後才仔細打量那紅絲綢下的東西，是個類似電腦機箱的玩意，但要小一點，外型非常有衝擊力，有點像變形金剛，但更像一頭靜默的野獸，野獸的額頭上，是用金屬打造的軟盟品牌標誌，泛著幾絲寒光。

「這就是大家最近一直在關注的那款防火牆產品！」劉嘯此時道出了這東西的來歷。

其實這是個外殼，軟盟招聘的工業設計專家，為軟盟硬體防火牆早都設計好了外形，歷經幾次修改，今天終於拿了出來。

辛苦沒有白費，一下就把現場這些人都鎮住了，它和軟盟之前的軟體一樣充滿了靈性，讓你覺得那更像是個活物。

此話一出，媒體們又趕緊補拍了幾下，這東西一直是只聞其名，不見其形，今天見到，果然是霸氣非凡，也難怪能在愛沙尼亞搞出那麼大的聲勢來。

劉嘯請顧振東跟自己一起站到了講臺前。

「這款防火牆產品，將會成為軟盟在硬體安全市場上一款高端主打產品，為了最大限度地提升這款產品的性能，軟盟請來了具有豐富硬體開發經驗的華維集團。華維集團是全球具有領導地位的硬體通訊設備製造商，佔有世界營運商市場的半壁江山，由華維集團來進行防火牆硬體部分的開發設計，將會使這款產品在相容性、適配性上都能完全達到營運商級別的要求，防火牆所能發揮出的安全效能會更大、更完美。」

媒體們腦子就冒出來一個念頭，「這是不是就意味著，曾經作為競爭對手的軟盟和華維今後將會聯起手來，一起去蕩平市場？」

這可是個大新聞，國內最具有實力的兩家安全企業聯手，那其他安全企業還有活頭嗎，就是那些境外的老牌子安全企業，估計也得忌憚三分了。

工作人員此時送上來協議，軟盟就在所有媒體的見證下，和華維及德國的BDHD簽下了協議，這意味著軟盟在出擊海外市場上已經邁出了第一步，同時，也進一步鞏固了自己在國內市場的地位。

等協議簽完，發表內容就算是結束了，媒體們立刻開始了瘋狂發問，知道了軟盟的第一步，他們還想知道更多的，比如第二步第三步軟盟將會怎麼走。

幾乎是在同一時間，愛沙尼亞的政府發言人也在召開新聞發表會，正式宣布愛沙尼亞的網路已經完成了安全升級，所有政府、銀行、媒體的網站也已經基本恢復，政府將在幾分鐘後重新開放愛沙尼亞網路和國際互聯網的連結通道。同時，愛沙尼亞還將繼續尋求更多的證據，來證明發動攻擊的人是來自俄羅斯。

幾分鐘後，愛沙尼亞的網路再次接入了網際網路，迎接他們的，依然是一股強大的資料洪流。攻擊者和上次一樣，在短短兩分鐘不到的時間內，就將資料流程量提升到了愛沙尼亞網路負載的極限，他們是想故技重施。

但這一次，愛沙尼亞早有防備，他們將自己的網路採取了分流措施，網路容量達到了之前的三倍，對手的攻擊，絲毫沒有影響到網路的正常運轉。

在對手連續提升了兩次流量之後，攻擊力度似乎是達到了極限，資料洪水的流量開始往下慢慢滑落，而愛沙尼亞此時不過是一些小網站發生了癱瘓，政府、國會、銀行等關鍵網路全部無損。

站在指揮中心的Hillar此時長出一口氣，對手的極限自己終於知道了，是愛沙尼亞之前正常網路流量的兩千八百多倍，如果這次不是採用了軟盟的產品，而且對網路的負載能力進行擴充，怕是又要栽了，看來對方這幾天又搜羅了不少殭屍網路。

在愛沙尼亞熬過對方的這輪攻擊之後，一股絲毫不亞於對方的資料洪水，從全世界各地開始聚集起來，匯入了俄羅斯的網路，俄羅斯的網路隨後開始發生了局部癱瘓，一些政府網站也出現了駭客入侵的痕跡。之前發生在愛沙尼亞的一切，在俄羅斯重演了！

劉嘯是在發表會後才知道了這個消息。

得知消息的那一剎，劉嘯非但沒有意外，反而有點高興，因為這剛好證實了自己的判斷，發生在愛沙尼亞的網路攻擊不會短時間終止，還會持續一段時間，而且影響的範圍還會加大。

僅僅是發生在愛沙尼亞的話，那還構不上是世界級的駭客事件，雖然這件事也已經足夠影響世界了。

發表會後，顧振東也要回雷城去了，劉嘯設宴為他送行，席上還有那個來自德國的錢德勒先生。

「來！」顧振東首先舉起酒杯，「今後咱們就都是合作夥伴了，我提議為咱們的合作乾一杯！只要我們精誠團結，同進同退，就一定能夠成功！」

劉嘯也趕緊舉杯，道：「我在這裏先謝謝兩位，預祝咱們的合作成功！」

三人碰杯，一飲而盡，錢德勒似乎不習慣喝中國的白酒，這猛一口下去，就有些嗆到了，很尷尬地朝兩人示意著。

顧振東笑說：「錢德勒先生，看來你今後得適應著喝我們的白酒，喝久了，這酒中的味道就出來了，我想你會喜歡上的！」

劉嘯也道：「一會兒我送你兩瓶好酒，你回去的時候可以帶著！」

錢德勒緩過勁來，道：「多謝，我想我會喜歡上的！」說完，又抿了一口，風趣地道：「看，這次好多了！」

這個舉動惹得其他兩人哈哈大笑，席間的氣氛也更加活潑，三人都吃得非常盡興。

散席之後，劉嘯著人把錢德勒送回了酒店，自己親自去送顧振東，他看出顧振東還有話要問自己。

果然，等錢德勒一走，顧振東就問道：「劉嘯，這個錢德勒，就是你說的那個計畫的一部分？」

「是！」劉嘯點了點頭，「顧總您真是火眼金睛，這都給你看穿了！」

「商海裏漂泊久了，什麼沒見過啊！」顧振東擺了擺手，「你當時不是說要跟那些大機構談嗎，怎麼找了BDHD這樣的小公司，一點名氣都沒有嘛！」

「我們現在是突破了歐美那些安全機構在輿論上的封鎖，但我們真要是去那邊賣產品，他們肯定會利用各種手段來對付我們，甚至向他們的政府施

壓，所以我們必須讓他們心甘情願地接受我們的產品，這也就是我只推廣安全引擎的原因！」劉嘯笑了笑，「即便如此，我們卻不得不防著他們的另外一招。」

「哪一招？」顧振東問著。

「我這幾天和他們初步接觸了一下，他們的意思我已經基本摸清楚了！這麼說吧，讓他們拿我們的授權不是不可能，但他們拿到授權之後，肯定會不約而同地選擇同一種作法，那就是授權費照付，但卻不進行策略級產品的開發和推廣，他們還會繼續推廣自己的產品。到那時候，我們被授權協議上的條款縛了手腳，不能出擊他們固有的市場，而他們卻可以慢慢地研製新的技術核心，等待反撲！」劉嘯嘆了口氣，「我們不得不防啊！」

「你分析得很有道理，這種可能很大！」顧振東點著頭，劉嘯想得確實很周全。

「這個BDHD，其實是我們軟盟的海外代理商在德國註冊的一家公司，類似這樣的企業，還有很多家，他們會相繼獲得我們的授權，然後在最短時間內拿出產品來推廣！」劉嘯笑說。

顧振東從劉嘯這一笑中，就明白是怎麼回事了，這些公司怕都是皮包公司，他們的產品怕是都是軟盟幫他們做的，顧振東道：

「你這招好，一箭雙雕，一來暗地裏組建了自己在海外的銷售網路，二來對那些大機構保持一種壓力，如果他們肯幫我們推廣，那還罷了，如果他們不肯，我們也不怕！好！好！這招極好！」

「是啊，我是這麼打算的，可如果真要那些大機構主動接受我們的產品，還得靠我們迅速打開高端市場！只要他們看清了趨勢，在利益驅逐下，他們的陣線就會自己垮掉！」劉嘯擰著眉頭，就是這點最難辦到。

「我們華維在海外和很多營運商都有合作，相信憑藉這個優勢，打開市場不會有什麼問題！」顧振東說這話，心裏也不怎麼有底，華維的通訊產品是受認可的，現在去幫軟盟推銷安全產品，別人未必會買賬！

誰知劉嘯突然一笑，道：「這個先不急，顧總你回去只要抓緊硬體部分的設計和生產就行，您放心，我們很快就會接到大量的訂單！」

顧振東有點疑惑，不知道劉嘯這話是從何說起，難道訂單還會從天上掉下來不成，「你小子是不是心裏已經有什麼計畫了？」

「計畫是有，但這計畫得看別人配合不配合，不是我們自己能決定的！」劉嘯笑著，「顧總你回去等消息就是了，我想最多不會超過十天，就

能看出點端倪來，到時候我再給你解釋！」

顧振東也沒辦法了，現在已經站到了劉嘯的賊船上了，當下他也不多問，抬手看了一下時間，道：「時間差不多了，那我就回雷城去了！」

「我送您！」劉嘯趕緊站了起來。

「不用！」顧振東站起來拍拍劉嘯的肩，「你事多，就不要老這麼客套，趕緊忙去吧！」

「那……」劉嘯一想，道：「行，那我就回公司了，到時候，我會拿勝利的消息來彌補這個失禮。」

「這可比送我要實際一些，我就喜歡這個！」顧振東大笑。

兩人當下便一起走出酒店，烏豐禾早已備好了車在等著顧振東，軟盟的車子也在等著劉嘯，兩人作別後，車子就各奔一個方向而去。

第八章　策略矩陣

劉嘯道：「這是咱們公司的新產品，叫做策略矩陣！」

「策略矩陣？」幾個網管全都傻了，不知道這是個什麼玩意，之前的那款新產品，大家已經覺得夠神奇了，怎麼才短短幾天，更新更厲害的產品就又出來了呢。

愛沙尼亞和俄羅斯之間的網路紛爭不斷升級，俄羅斯此次的挫敗，立即引起了國內駭客的極大不滿，俄羅斯的駭客群可是世界駭客界一股強大的勢力。

在俄羅斯表示這次的攻擊依舊和愛沙尼亞有關後，這些駭客紛紛操起自己最狠最拿手的手段，向愛沙尼亞的網路發起了衝鋒。

時間過去幾個小時，這群駭客便都傻了，除了斬獲一些小中型的網路外，愛沙尼亞的關鍵網路是穩如磐石，根本達不到攻擊效果。反倒俄羅斯這邊，此時又有一些網路癱瘓，還有幾個政府的網站被人拔了旗。

一邊是對手的節節勝利，一邊是己方的毫無所獲，這下這幫駭客就不幹了，私底下商量的時候，不知道誰起了個頭，說僅憑愛沙尼亞的實力，是不會對俄羅斯的網路造成這麼大的衝擊的，一定是愛沙尼亞找來了幫手，所以，現在這種情況下，只盯著愛沙尼亞是沒用的，只要幹翻他的那些盟友，才可以緩解俄羅斯的壓力，還能出一口惡氣。

俄羅斯的駭客頓時找到了方向，他們放棄了對愛沙尼亞的無用功，掉轉槍頭，把怒火全都發洩到了愛沙尼亞的那些「盟友」身上，在他們眼裏，北約、歐盟的成員國，都和愛沙尼亞是一夥的。

在不到兩天的時間內，歐洲的網路便現出一片狼藉，美國的網路也絲毫沒有好到哪裡去，這些和愛沙尼亞站在一條船上的國家，他們的政府網站時不時就被人攻陷，然後貼上了「笑話」，或者就是遭遇到巨大洪水攻擊，最後失去了作用。

炫耀式的「戰報截圖」貼滿了俄羅斯的駭客論壇，大家討論更多的，是今天又攻下對方幾座城池，拔了幾支旗。每個戰績貼上來，都會受到大家的一致讚賞和欽佩。

歐盟、北約的一些國家，已經向俄羅斯方向發出抗議，要求俄羅斯方面約束自己公民的過激以及不正確行為。

歐美的駭客其實絲毫不遜於俄羅斯駭客，他們這次只不過是被打了一個措手不及而已，等回過神來，他們也紛紛祭出各自絕招，往俄羅斯的網路招呼了過去，雙方的糾紛不斷升級，越來越多的駭客參與了進來。

但大家不曾注意到的是，引起這場大面積網路對峙的那兩股強大的資料攻擊力，此時卻不約而同地消失了。

如果要排出本年度最受關注的辭彙，那排在第一的，肯定就是「網路戰」了。

事件持續一周後，全世界的人們都記住了這個詞，而且開始每天都在談論這件事。持續的大面積的攻擊，還引起了一些恐慌，人們紛紛從銀行取出一些現錢來以備萬一，那些習慣於網路購物的人，此時也放棄這種舉動，這看起來似乎不那麼安全了，有些人還開始拋售自己的股票，萬一駭客下一個攻擊目標就是證券交易所呢。

方國坤自從海城回來，一直都在關注這件事，劉嘯的猜測完全正確，事件正一步步升級，但方國坤知道，這件事已經到了該收場的時候了。因為風神在論文裏寫道：「當事件發展到人們可以控制的最壞程度時，或者是接近這一程度時，事件就會開始好轉，這就是人類的偉大之處，他們可以在災難面前自我調節，以防止最壞的結果發生。」

方國坤現在對風神的論文深信不疑，以前認為是瘋人瘋語的話，現在看來，竟是真理所在。

「報告！」就在方國坤正在想著這事的時候，小吳推門走了進來，「頭，俄羅斯和歐盟、北約方面，剛才共同發出了聲明，要求駭客約束自己的行為，立刻停止相互攻擊！」

「意料之中！」方國坤嘆了口氣，放下手裏的《風神論文合集》，「國內的駭客這幾天也開始躁動不已，再這麼下去，事件影響的範圍就會越來越大！」

「這件事就這麼過去了？」小吳問道。

方國坤擺了擺手，「這只是開場，真正的正戲才剛剛開鑼，你通知一下有關部門，叫他們今後一周內，務必做好國內網路的防護工作！」

「是！」小吳一個立正，然後才問道：「頭，這事都開始要平息了，你才知會他們，是不是就沒有必要了？」

「你去通知就行了！」方國坤一臉深沉，「很快你就知道我為什麼要這麼做了！」

「是！」小吳再次立正，退出了房間。

劉嘯此時正趴在辦公桌上整理著自己的「專著」，商越卻突然進來，「那些國家發出了聲明，開始約束駭客行為，要控制事態發展了！」

「哦？」劉嘯一聽，就從椅子上站了起來，道：「看來是要輪到我們了！都準備好了沒有？」劉嘯看著商越。

商越一點頭，「早都準備好了，就等他們來了！」

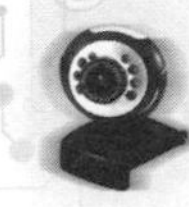

劉嘯「呵呵」地笑了起來，「事情所有的發展軌跡，都是按照我們的預想來走的，估計接下來的事情也是八九不離十，從現在起，咱們要十二萬分地小心了！」

「我知道！」商越又是一點頭，「我現在就去安排！」說完，她又匆匆地離開了劉嘯的辦公室。

俄羅斯和歐盟共同發表聲明之後，一個小時不到的時間，之前消失了的那兩股強大的資料洪流再次出現。

這次他們不再是互相對攻了，他們的攻擊目標，竟然都是軟盟的伺服器，包括軟盟的網站，以及軟盟的那幾十台用作下載和更新的伺服器。

劉嘯接到電話，匆匆放下自己手裏做了一半的分析，起身奔機房去了。

「怎麼樣？」劉嘯進門便問道。

商越此時也已經守在機房了，道：「對方目前只是在試探，資料洪水的量並不大，對我們的服務根本造不成危害，資料洪流中夾雜著一些掃描刺探的資料，看來他們是想對咱們雙管齊下。」

「那只是他們一廂情願罷了！」劉嘯呵呵笑著，走到了伺服器前，「通知海城網監，就說海城馬上要遭到非常大的資料洪流攻擊，叫他們做好應對準備！」

商越一聳肩，「我剛剛通知了他們。」

「他們怎麼說？」劉嘯問道。

「他們只是說知道了！」商越口氣平淡至極，「但沒有說要怎麼去應對！」

「行，通知了就行，再多的事咱們也管不了！咱們現在的頭等大事，就是熬過眼前這一關，熬過去了，那就是一片坦途，如果熬不過去，那咱們之前的一切佈局都將變得毫無意義！」

劉嘯雖然早知道這事會發生，也做好了一切準備，但心裏還是有些擔心，根據他的估計，這次軟盟遭受的攻擊力度，甚至會比之前愛沙尼亞整個國家遭遇的攻擊力度還要大，劉嘯現在心裏的壓力非常大，這是一場真正的博弈。

「對方的資料洪流消失了！」商越看防火牆突然恢復了平靜，就向劉嘯通報著情況。

劉嘯嘴角一絲苦笑，「剛才那不過是探路石子罷了，下一波，才是真正的殺招。」

劉嘯說完，對其他幾個網管道：「檢查我們所有設備的連結情況，然後把伺服器的承載能力開到最大，一會兒對方的攻擊一定會非常猛，但持續的時間不會太長，所以大家不必擔心，保持平常心，然後行動上稍微快速一些，就一定可以挺過去！」

網管聚到一塊，把活快速一分派，便各自分頭行動，不到十分鐘的時間，所有的東西都檢查完畢，一切正常，只等對方的攻擊到來。

「劉總！」一個網管走到劉嘯跟前，指著面前的一組主機問道：「劉總，你上次搞的這些東西是幹什麼用的，一會兒能用到嗎？」

劉嘯笑著，「最好是不要用到！」

兩人面前，擺著十台主機，主機的燈都亮著，表示它們此時都在正常工作，但這十台主機的連結方式卻非常奇怪，和平常所見的電腦互聯方式完全不一樣。

平時見到的網路結構，就好像是一棵大樹，我們每個人的電腦就像是樹枝的一片葉子，葉子接在小樹枝上，小樹枝又接在大樹枝上，最後全都接在了粗壯的樹幹上，這就保證了整個網路的連通。

這樣的結構是有好處的，即便有一台電腦出錯了，也不會影響整個網路的通訊，一根樹枝被砍了，也不能撼動整個大樹。

而眼前這十台主機，卻是採用一種環形網路的結構，所有的主機連結成一個封閉的環形，這是一種很少見的網路結構，有好處，但壞處更大，只要這個環形中有一台電腦出錯，那整個網路就完蛋了。

所以網管很納悶，不知道劉嘯費那麼大勁搞這個不太實用的東西幹什麼，他看著眼前這堆主機撇嘴，「我看也用不上，咱們的防火牆可是幫愛沙尼亞都頂住了駭客的攻擊，現在應付幾個小卒子，那還不是綽綽有餘嗎？」網管笑說。

「大家不要大意！」劉嘯再次大聲地叮囑，「我們這次遭到的攻擊，可能比愛沙尼亞的要嚴重得多，所有人都給我打起精神，只要熬過這關，統統發獎金！」

這一下，這幾個網管就來了精神。

幾個網管便都拍著胸脯，「劉總你就放心吧，來一個咱滅一個，來一雙咱滅一對，管他有多厲害，咱們也要他栽在咱軟盟的銅牆鐵壁前！」

「好，就拜託諸位了！」劉嘯笑呵呵地說著，然後拖了兩把椅子過來，

遞給商越一把，「別站著了，坐著吧，咱們現在得養精蓄銳！」說完，自己便先坐了下來閉目養神。

劉嘯嘴上說得似乎很輕鬆，但其實是這攻擊來臨之前的平靜讓他心裏發慌，他不得不靠此來隱藏自己的情緒。

「來了！」大概過了十來分鐘，商越推了劉嘯一把，聲音剛落，就聽房內的其他網管也開始叫了起來。

劉嘯「刷」一下站了起來，快步走上前，「情況如何？」

「對方之前探出了我們的容量，所以這次發過來的資料，剛好是剛才的極限，但由於我們又把負載提高，對方的攻擊並沒有造成什麼威力，防火牆已經開始在遮罩攻擊源，估計一分鐘左右就能篩選完畢！」網管通報了一下情況。

劉嘯沉眉頷首，然後飛快地在機房裏巡視了一番，挨個看了一下，所有機器正常，沒有損失情況。

「對方的資料流程量開始加大！」負責監視流量的網管發出了警告。

「還在防火牆的控制範圍之內，應急方案沒有啟動！」負責監控防火牆狀態的網管隨後也通報了一下情況。

「繼續加大，繼續加大！」監視流量的網管有些急了，資料流程量增加的速度太快了，完全出乎了他的意料，「已經達到我們的極限值了！」「伺服器運行開始緩慢起來，用戶訪問將會造成困難！」第三位網管發言了，他是負責照顧伺服器的。

「劉總，開啟防火牆的應急機制吧！」這下負責監控防火牆狀態的網管也急了，朝劉嘯看著，「再晚怕是就來不及了！」

劉嘯微一皺眉，然後抬手阻止，「不必，就讓防護牆這麼撐著，做好資料記錄，趁著這個機會，我們剛好測一下防火牆最大承受能力是多少，這是對手送咱們的大禮，不收不行！」

劉嘯事先已經把防火牆的設置改掉了，在愛沙尼亞的時候，他設置的是防火牆智能開啟應急方案，而這次他改成了手動，除非人工開啟應急方案，否則防火牆就只能一直硬撐了。

劉嘯這麼做，一來是想測出防火牆的最大承載能力，這個資料對今後的後續開發很重要，二來是他根本就不想開啟應急機制，因為一旦應急機制開啟，防火牆就會暫時終止資料通往伺服器，雖然這可能只有短短幾分鐘，但劉嘯也不願意，他就是想讓那些攻擊的人好好看著，讓他們知道：軟盟的網路始終連通，軟盟的伺服器也從未癱瘓。

網管們無奈，只得堅守在自己的位置上，隨時通報著情況。

商越此時也有些緊張，手心裏此時捏出了一把汗來，對方的攻擊力度實在是太恐怖了，這個數字，自己之前根本就沒有想到過，如果攻擊資料再這麼增長下去，軟盟這次可就真的玄了。

「伺服器達到負載極限，反應極度遲緩，極度遲緩！」看管伺服器的網管直接站了起來，朝著劉嘯那邊大喊。

「對方的資料還在增加，在增加！」監測資料的網管情況相反，他全身肌肉緊繃，坐在那裏渾身打顫，椅子都戛吱戛吱響個不停，可見他現在有多麼緊張！

「不行，得馬上啟動應急方案了，再遲我們的伺服器就垮了！」商越終於沉不住氣了，第一次開口向劉嘯建議，說完，她就守在防火牆前，只待劉嘯點頭，她就要啟動防火牆的應急機制！

「不行了！」看管伺服器的網管幾乎是跳著腳了，聲音緊促得能把別人的心拽出嗓子眼：「伺服器要崩潰了！快！快啟動！」

他的話音剛落，機房突然安靜了一大截，剛才機器達到負荷極限時發出的那種非常難聽的吱吱嗡嗡的聲音一下全沒了，整個機房靜得可以聽見所有人的呼吸聲。

商越頓時心裏一涼，眼前就覺得一陣陣發黑，因為她知道，自己剛才並沒有及時啟動防火牆的應急方案，所以聲音靜下來的一剎，她意識到，這是伺服器崩潰了，崩潰了自然就安靜了。

大家就誰也沒動，這一剎那，讓每個人都有一種從天堂跌到地獄的感覺。

「對方的攻擊還在加大力度，但伺服器一切正常！」此時，劉嘯的聲音突然響了起來，飄渺得就像是從西方的極樂世界傳來。

所有的人一瞬間被解除了石化狀態，但能動的只是他們的眼睛和表情，他們各個驚詫地看著劉嘯，只見劉嘯站在那個環形網路之前，右手放在一台通訊設備的按鈕上，正一臉笑呵呵地看著眾人。

「嘩！」眾人回過神來，慌忙回到自己的位置上，去看到底發生了什麼事！

「伺服器正常了！」看管伺服器的網管首先就叫了起來。

「對方的流量還在增加……」這個聲音充滿了疑惑，似乎是不太相信自

己的眼睛。

「防火牆沒有接到任何資料，停止了運轉！」這個聲音除了疑惑，還有一些不可置信，防火牆沒有收到資料，但資料還在增加，這是怎麼回事。

商越此時終於是有點明白了過來，剛才自己真是太緊張了，以至於忘了劉嘯還有後招，於是她趕緊圍著那些組建成環形網路的主機轉了一圈，然後衝著劉嘯興奮地喊著：「你的試驗成功了？」

「好像是成功了！」劉嘯笑呵呵地點著頭。

其他幾個網管也十分納悶，因為他們查了，伺服器和外界是連通的，訪問是正常的，只是那些發過來的洪水資料，卻不知道去了哪裡，他們都看著劉嘯，希望劉嘯能解開他們的疑惑。

劉嘯指著那圍了一圈的主機，道：「這是咱們公司的新產品，叫做策略矩陣！」

「策略矩陣？」幾個網管全都傻了，不知道這是個什麼玩意，之前的那款新產品，大家已經覺得夠神奇了，怎麼才短短幾天，更新更厲害的產品就又出來了呢。

「事實證明，咱們的新產品的性能還是不錯的！」劉嘯笑呵呵地拍了一下面前的主機，一掌下去就是一個水印子，看來他剛才也很緊張，心裏不是那麼有底，好在現在是成功的。

眾人這才大喘了一口氣，看來對方的攻擊是拿軟盟沒辦法了，一瞥螢幕，監管資料的又道：「對方的資料還在增長，但好像增長速度放緩了！」

「他們是強弩之末了！」劉嘯圍著那些主機轉了一圈，只有四台主機的燈在狂閃，其他六台顯得很平靜，證明它們沒有大量的資料處理和計算，劉嘯咂了一下嘴，道：「大家就等著領獎金吧！」

話音剛一落，就聽那網管又叫了起來：「資料沒了！」，說完趴電腦前劈啪幾下，「對方的洪水資料沒了！」

「看看是什麼情況？」劉嘯趕緊問道。

那網管在電腦上又劈哩啪啦打了幾下，然後直起身子，「是海城網路和外界的連結丟失了。對方雖然是在攻擊我們，但他們發送出的資料流程量實在是太大了，這對海城網路的負載同樣是個考驗，現在要麼是海城方面切斷了和外界的聯繫，要麼就是海城的通訊設備崩潰了！」網管說出了自己的判斷。

機房裏所有人立時傻眼，自打他們有印象以來，自己身邊還從沒發生過

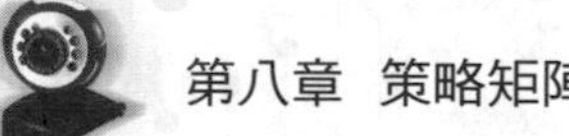

這種事，而現在愛沙尼亞剛來一次，海城就緊跟其後了。

「看來我們是安全了！對方不會再來攻擊了，但冤家就要上門了！」劉嘯說完大笑，對商越道：「你一會兒去業務部通知一下，讓他們把我們產品的售價再提高三成！」

「還加？」商越的眼珠子就快掉出來了，三十萬美金已經不低了，劉嘯居然還要加價。

「算了，我跟你一塊去吧！」劉嘯笑說，「剛好我去財務部通知他們發獎金！」說完，劉嘯就笑呵呵地朝機房外走去，他現在心情極度大爽。

商越回過神，趕緊跟上，喊著：「你等我一下，我有事要問你！」兩人一前一後出了機房，留下幾個網管正在那裏興奮地打顫，心裏琢磨著一會兒獎金到手自己要怎麼去花。

此時，方國坤也正在吩咐小吳：「你親自去一趟海城，一定要安排好！我估計馬上就會有形形色色的人開始跟軟盟接觸，要訂軟盟的產品，把這些人的來歷資料務必全部收集起來！」

「是！」小吳一敬禮，「保證完成任務！」

「好，你前面先去，我隨後就聯繫一下情報部門，讓他們派人過去協助你！」方國坤一還禮，「記住，不要讓劉嘯發覺，更不能讓那些訂貨的人發覺！」

「你要問什麼？」劉嘯出門站住了腳步，等著後面的商越。

商越問道：「你的那個策略矩陣是怎麼回事？」

商越早就知道劉嘯搞了那麼一個主機陣列，但一直不知道是幹什麼用的，剛才看到了效果和作用，所以就來了興趣。

「這個啊！」劉嘯笑著，低聲道：「其實就是十台安裝有咱們策略級防火牆程式的主機，做成環形網路，相當於是把這十台硬體防火牆串聯在了一起。我對防火牆的規則做了修改，當第一台防火牆無法完全處理掉發送過來的垃圾資料時，就會讓處理不掉的垃圾資料直接從自己這裏通過，交給第二台防火牆處理，第二台還是無法完全處理掉，就再讓一部分通過，依此類推，直到把所有的垃圾資料分攤處理掉！」

「原來是這麼回事！」商越終於明白了過來，「你是怎麼想到的啊？」

「其實也沒什麼！」劉嘯擺著手，「今天我這只是測試一下，看起來效

果還不錯，四台主機就完全將對方的垃圾資料消化掉了，以後我們還得繼續完善，讓這策略矩陣能有點其他的功能，否則沒客戶買，成本太高！」劉嘯笑著。

「最好能用一台來完成十台的功能。」商越也笑了起來，「那咱們的這款產品肯定就是無敵了！」

劉嘯只是笑著，沒說話，其實他的這個策略矩陣倒不是一時的心血來潮，在他做好第一款策略級產品的時候，就開始思考著要怎麼將策略級的產品性能再提高，再翻倍，可惜一直都沒有個具體的思路。最近他預感到駭客針對軟盟的攻擊就快來到，花在這方面的心思也就更多了，他希望趕緊將產品的性能提高，確保能抵禦住對方的狂轟亂炸。

這幾天，他一直都在整理他的那個《網路戰發展歷史以及未來網路安全趨勢》的報告，收集了和電腦有關的各種資料，其中就有ＣＰＵ的發展歷史，ＣＰＵ從單核到雙核，乃至四核的發展，讓劉嘯突然來了靈感，這種架構完全可以用在防火牆上，當一台防火牆不足以支撐需要時，就可以啟動雙防火牆。

聯想起自己當時設計策略級時的創意，劉嘯認為防火牆還可以做得更好一些，這些單個的防火牆程式，其實也可以看作是一個大的規則，當兩個或者兩個以上的大規則組合到一起，應該還能做出更多的策略來，於是劉嘯就冒出了將防火牆互聯組成大型策略陣的想法。

可惜軟盟不像因特爾，沒有強大的硬體開發能力，再加上駭客不給軟盟留時間，劉嘯就只好一切從簡，弄了個串聯的防火牆大陣，為此，他還專門從華維訂購了一台用來在環形網路和樹狀網路之間切換的通訊設備。

今天的這個矩陣第一次測試便取得了成功，這讓劉嘯對自己的想法充滿了信心，今後只要聯合華維，讓他們設計出一個合理的架構，將十台主機組成的矩陣壓縮成一台就可以。

兩人走到辦公區，便各自分頭去忙。幾分鐘後，軟盟的網站進行了公告更新，硬體防火牆的售價從三十萬美金一台飆漲到了四十萬美金一台，可惜海城此時和外界失去了聯繫，這個漲價的公告一時還不能被人看到。

隨後，軟盟再次發出新公告，海城今天發生了大規模的駭客攻擊事件，直接導致了海城和外界網路丟失連結，目前損失正在評估之中，軟盟建議有關方面加強網路安全措施。軟盟的個人安全系統也進行了新的內容更新，將這兩個公告添加了進去，只要網路一旦連通，所有的用戶都會在第一時間進

行更新，但海城範圍內的用戶此時是可以進行更新的，和之前的愛沙尼亞一樣，現在海城的網路變成了一個大大的「局域網」。

到財務部通知了結算網管部門員工的獎勵後，劉嘯就走出公司，跑到大街上，走進一些銀行、商場、證券交易所，甚至是其他一些辦公大樓，調查網路中斷後大家的反應，以及遭受到的困境和損失情況，這些資料對他最近的研究很有幫助。

三個小時候，海城的網路終於通了，因為軟盟的公告，好多海城人已經知道發生了什麼事。

海城市府在恢復網路後第一時間發出政府公告，通報了剛才發生網路事故的原因：在愛沙尼亞發生駭客攻擊事件後，海城積極吸取教訓，對自己的網路進行了加固，並派專人二十四小時看護。此次網路中斷，並不是政府不盡力、措施不到位，而是駭客的攻擊資料過於龐大，遠遠超過了通訊設備的負載能力，導致設備癱瘓崩潰，目前海城政府除了修復受損設備外，還緊急購買了更多的備用設備，今後將不會再發生此類事件。

即使只有三個小時，海城的損失也是不小，所有和網路有關的活動全部陷入停滯狀態，銀行不能轉帳，跨區無法存取，股市不能交易，依靠網路辦公的企業暫停，網上電子交易也無法進行，還有不少把主伺服器放在海城的大型門戶網站、商業網站，他們也都有不同程度的損失。

消息很快由海城的網路發散出去，再加上軟盟的公告，全國的線民幾乎都知道了發生在海城的事故。人們在驚訝之後，開始翻起了舊賬，之前那些詆毀軟盟的安全公司被拉了出來批鬥，正如方國坤當時預測的，這些公司被罵得一頭狗血，成為了無恥兩個字的代名詞，自己無能，不能預測出駭客攻擊也就罷了，還要去惡意詆毀別人。

劉嘯從外面回到公司時，已經快到下班時間了，皮包裏也已經裝了不少今天收集來的資料。

「劉總！」業務部主管一眼就瞥到了劉嘯，從自己辦公室裏追了出來，「劉總，咱們現在怎麼辦？」

「按照之前商量好的辦啊！」劉嘯笑著，「馬上派出我們所有的業務員，包括分公司的業務員，到各地政府部門去遊說，讓他們採購我們的產品！」

「我早都通知下去了，所有人也都準備到位了，就等你這句話呢！」業

務部主管說，「說實話，我現在開始喜歡上那些在暗地裏下手的駭客了，他們搞一次，咱們就能佔不少便宜！」

「我們和那些駭客原本就是一個祖宗！」劉嘯笑著，「好了，趕緊辦吧，趁熱打鐵！」

「好耶！」業務部主管應了一聲，轉身往自己辦公室去了。

劉嘯搖搖頭，回到自己辦公室，開始整理和分析今天收集到的資料去了。

第二天上班，劉嘯剛從電梯出來，接待美眉就迎了上來，「劉總，來了兩個人，說是要找你談一筆業務！」

「讓他們去找業務部就可以了嘛！」劉嘯隨口說道。

「他們非要見你！」美眉說。

「他們在哪裡？」劉嘯微微皺眉問著。

「小會議室裏！」美眉答道。

「好，我過去看看，你忙去吧！」劉嘯一擺手，朝小會議室走了過去。

第九章　漫天要價

「我看了，你們的產品好像又漲價了，一個安全套裝，包括硬體防護牆和專業版安全軟體就要四十萬美金！」黃星笑著，「我說你們可真敢漫天要價啊！不過我們衙門比較窮，只能給這個數，你看怎麼樣？」

一進去就看見裏面坐了兩個人，一個人高馬大，標準的歐洲人，另外一個看起來則像是中國人。

「你們好，我是軟盟的劉嘯！」劉嘯走過去，朝那兩人伸出手，「不知道二位找我有什麼事？」

那個老外握完手，趕緊掏出名片，「你好，我是斯捷科貿易公司中國分公司的總經理！這位是我的助手！」老外指了一下自己旁邊那人。

「幸會，幸會！」劉嘯一伸手，「兩位請坐！」

三人坐下來，老外清了一下嗓子，「這次上門，是想和劉先生談一談合作的事！」

「您請說！」劉嘯看著那老外。

「我先介紹一下吧！我們斯捷科貿易公司，是一家俄資公司，總部設在莫斯科，我們在俄羅斯國內，有著非常穩固的市場根基以及完善的銷售網路，我們代理的幾個商品，在俄羅斯都有著非常好的銷售成績。」老外說完看著劉嘯，「今天來，我們是想看看軟盟有沒有拓展俄羅斯市場的意向，我們非常願意幫忙！」

「多謝！」劉嘯一臉疑惑，「只是我沒明白你所說的合作是什麼？」

「我們願意代理貴方產品在俄羅斯的銷售！」老外直接說明。

「我明白了，你們想取得我們在俄羅斯市場的代理權，是吧？」劉嘯問。

「是！」老外點頭，「劉先生，我們斯捷科是一家非常有實力的貿易公司，如果你肯把代理權交給我們，我們可以保證在很短時間內幫貴方打開市場，每年的銷售額絕不會低於一億美金！你看怎麼樣？」

劉嘯搖了搖頭，「實在是抱歉，我想你一定沒有注意到我們公司網站的公告，對於你們的誠意和心意，我本人非常感謝，但遺憾的是，我們已經在俄羅斯設立了辦事點，並不需要代理！」

對方顯然非常意外，不過還是道：

「貴公司的網站我之前還真的沒有留意過，不過我想，設立辦事點並不代表貴方的產品就可以在俄羅斯市場進行銷售。我們斯捷科曾和政府有過很多次合作，如果把代理權給我們，我們一定可以幫貴公司拿到在俄羅斯市場的銷售許可！」

劉嘯笑著擺手，「你會錯意了！在一個星期前，我們軟盟剛剛進行了一個新聞發表會，如果你關注的話，你就一定知道，我們軟盟並不打算到國外市場銷售我們的產品！我們設立辦事點，不是為了銷售產品，是要在俄羅斯尋找合適的安全企業，進行技術授權。」

老外有點尷尬，這次來得匆忙，準備工作做得太差了，這下可是出了個大醜，看來事先做好的那些方案也是一點都用不上了。

好在接待美眉此時剛好進來送茶水，讓她這麼一打岔，老外才不至於繼續尷尬下去。

劉嘯接過水杯，對接待美眉道：「你去我的辦公室，在左上第二個檔案櫃，有個黃色的檔案夾，麻煩你幫我拿過來！」

美眉出去一會兒就又回來，懷裏多了一個黃色的檔案夾，劉嘯接過來，在裏面翻了翻，抽出一頁遞到了老外面前，「請你過目！這是我們從俄羅斯政府那裏取得的銷售許可！」

那老外接過來一看，臉上立即變換了好幾個顏色，這份檔案絕對是真的，上面有政府的印章以及相關人員的簽名，還有許可序號，一看就是真的，但他想不通，怎麼會這樣呢，如果軟盟早就取得銷售許可，那總部一定會知道的，可為什麼給自己提供的資料裏卻恰恰沒有這條最重要的消息呢，否則自己也不會進行如此失敗的方案。

老外放下那文件，嘆道：「看來貴公司真的不需要代理！」他不得不接受這個事實，這份許可證書就意味著軟盟完全可以自己去俄羅斯市場銷售產品，而不必借助於代理商。

「即便這樣，我還是非常感謝你們的誠意！」劉嘯笑著把那文件又歸入檔案夾內，「希望我們以後還能有別的合作機會！」劉嘯這話有送客的意思了。

「劉先生！」老外看出了劉嘯的意思，便有些急了，道：「我還有事說！」

「請講！」

「做不成你們的代理商，也沒有關係！呵呵……」老外解釋著，「我們總部對你們的產品非常感興趣，前幾天發生在俄羅斯的駭客攻擊事件，對我們的總部也造成了一些損失，所以總部決定對公司的網路進行改造升級，你們的產品在愛沙尼亞表現不錯，是總部的首選安全產品，你看這……」

「歡迎，歡迎！」劉嘯笑著，「貴公司能看中我們的產品，實在是我們的榮幸！」說完一頓，劉嘯便試探性地問道：「不知道貴公司準備採購多少套我們的產品？」

老外伸出一根手指，「一套行嗎？」興師動眾找上門來，指明了要和對方的老總親自談，結果就為了訂一套產品，說這話的時候，老外自己都覺得心裏發虛，所以話說出來都是有氣無力的。

劉嘯連連搖頭，「不行，我們只接一千套以上的訂單，這是公司的規定！」

老外非常意外，驚訝地看著劉嘯，不知道這個規定是什麼意思，難道一套就不是生意了嗎？

劉嘯解釋道：「個人市場和企業市場，量小而又繁瑣，我們公司只是一家小公司，目前還沒有這麼多的人力來做這塊，所以我們不得不放棄了這個市場，專心去做大客戶市場，這點還請你多多理解。」

老外這下傻了，難道自己這次來就真的什麼也幹不成嗎？

劉嘯站起來，伸出手，「真的非常抱歉！不過，我們很快就能在俄羅斯找到合適的授權企業，到那時候，貴公司在俄羅斯國內就能買到不亞於我們的產品！」

老外臉皮再厚，也不好再待下去了，站起來道，「我會再請示一下總部，看看是否會追加採購的數量！」

「好的，再次感謝你對我們公司的信任和厚愛！」劉嘯客氣地說道，把那兩個人送出公司，然後衝著電梯鄙夷地嗤了口氣。

劉嘯很明白，今天來的這個斯捷科公司，絕對不是一般的企業，來了之後一句多餘的話都沒有，直奔代理權而去，可見他們是多麼清楚軟盟產品的性能。而軟盟的防火牆產品，到目前為止，只賣給過愛沙尼亞，他們這麼有信心，就只有兩種可能，要麼他們攻擊過愛沙尼亞，要麼他們就是昨天攻擊軟盟的幕後黑手，就算不是，也絕對和那些駭客脫不了干係，除此之外，劉嘯想不出第三種可能了。

「媽的，還想誆老子！」劉嘯捏了捏鼻子，這兩個傢伙先是要代理權，無非就是想要利用代理商的便利，拿個低價，或者是先誆走一批貨，後來說只購買一套產品，那就更可惡了，估計是想拿回去破解！「別以為老子一臉和氣，就真拿我當Hello Kitty！」

劉嘯回到自己辦公室，屁股剛坐穩，就聽傳來兩聲「砰砰」的敲門聲，然後門就被人推開了。

「怎麼是你啊，黃星大哥！」劉嘯趕緊站起來，「快請坐！」

「不坐了！」黃星幾步走到劉嘯辦公桌前，從自己公事包裏掏出一張文件，往桌子上一拍，「你看看這個吧！」

劉嘯有些納悶，把那張文件拿起來一看，發現這是一份政府的採購合同，上面注明是了是要採購安全產品，採購的單位，是公安部網路監察總局。

「這是什麼意思？」劉嘯問，這上面沒寫具體要採購什麼產品，也沒寫要採購多少份。

「海城一年內連續三次出這麼大的網路安全事故，上面很重視，現在我們網監要對自己的網路進行升級了，想採購你們的產品，沒問題吧？」黃星笑著。

「沒問題，沒問題！」劉嘯趕緊從辦公桌後面出來，「求之不得呢！坐下說！」

「但具體要採購多少套你們的產品，就得看你們給什麼價格了！」黃星把自己的警帽一摘，然後坐在沙發上，翹起二郎腿，笑道：「我可告訴你，你別拿什麼公司規定來搪塞我，今天必須給我一個極度優惠的價格，否則，這單子我可就不給你了！」

「那是自然！」劉嘯笑著，「我怎麼敢跟你要高價，你說吧，你們想要什麼樣的價位？」

「我看了，你們的產品好像又漲價了，一個安全套裝，包括硬體防護牆和專業版安全軟體就要四十萬美金！」黃星笑著，「我說你們可真敢漫天要價啊！不過我們衙門比較窮，只能給這個數，你看怎麼樣？」

黃星說完，伸出四根手指。

「四萬？」劉嘯問著。

「沒錯！四萬！」黃星點頭。

「美金？」劉嘯又問著。

「我呸！」黃星瞪了一眼劉嘯，「你看我像是能拿出美金的主嗎？人民幣！」

「啊？」劉嘯立刻一副苦瓜臉，「你們這價也砍得太那個啥了吧，總得讓我們保住本吧！」

「反正就這個價，就看你們幹不幹！」黃星一副無所謂的樣子，笑呵呵地看著劉嘯。

「那你們要多少套吧？」劉嘯一咬牙，「少了可別開口，我沒法對公司

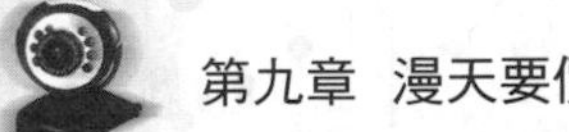

的人交代！」

「這個數！」黃星伸出一隻手，正反翻了一下，「十萬套！」

「這麼多？」劉嘯一下就傻眼了，只一個網監部門，能用這麼多套嗎，人家愛沙尼亞一個國家才需要一千八百套呢，這網監得是要武裝到牙齒啊！

「我聽說你正派人到各地政府那裏去遊說，想讓他們採購你們的產品？」黃星嘴角一撇，掛出個頗有意味的笑，「如果這單子你們接了，我們網監會發一份正式的紅頭文件，建議各地政府各部門在今後的網路安全改造中，優先考慮你們的產品，怎麼樣？」

「行，成交！」劉嘯一琢磨，就咬牙定了下來，「不過你們要的貨量太大，我們得分好幾次交貨！」

「那沒有問題！」黃星笑著，然後一指那辦公桌，「那單子我們已經蓋好戳了，一會兒你自己把名稱和數量補上，我們會在明天給你們把訂金匯過來！」黃星說完，拿起自己的警帽又戴好，「行，既然事定了，我就先走了！」

「這麼著急幹什麼！」劉嘯急忙去攔，「好久不見了，中午我請你吃飯！」

「免了吧，不過晚上倒是可以！」黃星笑說，「海城出這麼大事故，我能不到場嗎，我今天來，是要參加他們的事故鑑定會的，現在時間差不多了，我得趕過去了！」

劉嘯這下也沒法攔了，只好道：「那就說定了，晚上我請你吃飯！」

送走黃星之後，劉嘯抑制不住地興奮，自己當時定的計畫看起來似乎有點難以實現，但現在一切都朝著既定的方向發展，只要網監能發這麼一份建議，軟盟說服政府支持民間安全產品的計畫就能實現。

「這個生意太值了！」

劉嘯心裏飛快地一盤算，他現在才能顧得上盤算這筆生意到底是多少金額，整整四十億，看來這次愛沙尼亞和俄羅斯的網路戰，讓網監也下了狠心，要對自己的網路進行徹底改造了。

劉嘯現在越發確定自己的計畫是正確的，僅是國內各級政府和各部門的市場，也足以讓軟盟發家致富。

劉嘯回到自己辦公室沒多久，業務部主管跑了進來，「劉總，早上來的那兩老外又來了！」

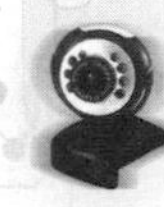

「什麼事？」劉嘯皺起了眉頭。

「他們要訂我們的產品，要一千套！」業務部主管看著劉嘯，「他們想讓咱們在價格上做出點優惠！」

「告訴他們，都是那個價，沒有優惠的餘地！」劉嘯想也不想，就直接說道，他對那兩個人沒有好印象。

「行！」業務部主管一點頭，「那我去回覆他們！」

出去半個小時後，業務部主管再次跑了進來，像是中了五百萬大獎似的，進門就喊：「劉總，咱們發了，一千套，成交了，下午訂金就能匯過來，其餘欠款，一周內付清！」

「啊？」劉嘯也有點意外，早上看那兩人畏畏縮縮的樣子，不像是有這麼大魄力的，怎麼一轉眼就訂了一千套，這可是四億美金啊，他們公司能有多大的實力，竟然敢拿出四億進行安全改造。

劉嘯捏著下巴，難道自己剛才看走眼了，這個斯捷科公司到底是做啥的？

「劉總，那我現在就去安排一下這批貨的生產。」業務主管看著劉嘯，第一次做這麼大數目的貨，以至於他都不敢相信這是真的，跑劉嘯這裏求證來了。

「哦！」劉嘯回過神，「你等等，把這個單子也拿去，順便通知華維，讓他們最近加緊點！」

劉嘯說完，從桌上拿起剛才黃星給的採購單，產品名稱、數量、價格，劉嘯都已經填好了。

業務主管過來一拿，當時眼就直了，「十萬套？」

半天沒反應，大概是算不過來了，不知道十萬套到底是多少錢，等定神往下再一看，「啊，四萬塊？」他就急了，「怎麼才這麼一點呢？」

劉嘯笑著，「你現在倒是財大氣粗了，四十億的貨都不放到眼裏了！」

業務主管直搖頭，「那倒不是，只是這價錢和咱們的公告價格差得太多了！」

「那價格是給外人看的，但這批貨是我們自己政府的採購項目，價格是次要的，關鍵是這個市場！」劉嘯笑著，「你放心吧，這筆單子非常超值！」

「行，我這就把單子送過去！」單子已經接下來了，再說什麼也不管用了，只是這十萬套和一千套的價格最後算下來都差不多，讓業務主管有些不

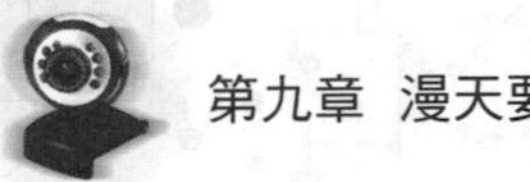

爽。

晚上劉嘯請黃星吃飯，順便問起了海城這次事故的事情。

黃星一嘆氣，道：「海城原本決心是非常大的，籌集近百億的資金，要把海城建成全國網路安全的模範城市，結果呢，越建事越多，越搞越不安全，第一次是被人弄得全城癱瘓，第二次被人當作白老鼠拿來搞試驗了，這第三次是設備頂不住負荷，癱瘓了。」黃星直搖頭，「暴露出來的問題越來越多，雖說是給我們今後的安全建設提供了參考，但海城市府的臉算是丟盡了，在全國其他城市面前，成了一個大笑話！我今天去搞事故調查時，海城那些人的臉就很不好看！」

劉嘯「哦」了一聲，「安全是個動態而持久的東西，海城這種『一筆投入換得永久安全』的想法，本身就存在問題！」

「我們在這方面的經驗少，研究得也晚。」黃星說完，突然看著劉嘯，「聽說前段時間愛沙尼亞被攻擊的時候，你正好在那裏，說說吧，有什麼感受，我也取取經嘛！」

「感受倒是挺多的！」劉嘯笑著，「只是現在說不清楚！不過我最近一直都在總結這個事，你要是不著急的話，就再等幾天，到時候我把總結出來的東西拿給你看！」

「那樣最好不過了！」黃星呵呵笑著，「我可就等著你的真經了！」

「你們這次採購那麼多安全產品，要準備大搞了？」劉嘯問著。

黃星點點頭，「是啊，這次愛沙尼亞的事沒有表面那麼簡單，上面高瞻遠矚，而且決心很大，不光是我們網監部門，其他一些關鍵網路，也都被要求在三個月到半年之內完成安全方面的改造！」黃星說到這裏，才想起來道：「我們的貨你可要抓點緊，千萬不能誤了我們的工期！」

「這個你放心！」劉嘯笑著，「軟體部分都是現成的，一兩天就能搞定，只有硬體部分，得實實在在的生產，這個得耽誤點時間，但絕不會誤了你們的事！」

「我早就想問你了，你們怎麼和華維走到一塊去了？」黃星覺得很不可思議，「以前我還為你們軟盟捏把汗呢！」

「大家有合作的基礎，華維剛剛進軍安全市場，需要成熟的技術，而我們也需要華維在全球營運商市場的份額和脈絡。」

「看來你們這次是搞大了！」黃星咂著嘴，「如果那些營運商肯使用你們產品，你們就真的發達了！」

「我們也是這麼計畫的，華維現在已經開始在遊說國內的營運商了，希望能成功吧！」劉嘯笑著。

「就是售價太高了！」黃星看著劉嘯，撇著嘴，「四十萬美金，能嚇跑不少人呢！如果你們肯把價格放低，估計能拿下不少市場。」

「那價格其實就是嚇唬人的！」劉嘯笑說，「在國內市場和營運商那裏，我們都有另外的價格體系，否則我也不敢做主四萬就賣給你們吶！」

「這是為什麼？」黃星不解，「你們想嚇唬誰？」

「是那些昨天攻擊軟盟的人！」劉嘯聳了聳肩，「攻擊軟盟只是愛沙尼亞事件的餘波，他們要麼就是惱火在愛沙尼亞的失敗，要麼就是好奇軟盟的產品是否真的有那麼高的安全性能。第一批來購買我們產品的，肯定就是這些人了，我得讓他們為攻擊軟盟付出點代價！」

「哦，是這樣啊！」黃星點點頭，「不過他們會買嗎？你們知道這些人都是什麼人嗎？」

「我不需要知道他們是什麼人，做買賣本來就是一件願打願挨的事！」劉嘯笑著，「我們敢賣，就會有人敢買，不瞞你說，我們今天就賣出去了一千套！」

「一千套！」黃星飛快一算，然後眼睛就直了，「乖乖，誰這麼財大氣粗啊，這可是四億美金的大買賣。」

「一個俄羅斯的貿易公司！」劉嘯說，「估計是有些來頭的，不過我們不過問這些，只要他們給錢，我們就發貨。」

「那公司叫什麼名字？」黃星趕緊問著，似乎是有些興趣，道：「回去我查一查！」

「斯捷科！」劉嘯說道。

黃星「哦」了一聲，「我記住了！」

兩人接下來又談了一些安全方面的現狀和隱藏的問題，一頓飯吃了將近三個小時，最後盡歡而散，黃星順便就辭行了，他還得趕回總部彙報這邊的情況，以及安排接收軟盟產品的事宜。

接下來好幾天，軟盟每天都會接待好幾組要購買產品的人，很多一聽價格和購買限制，就被嚇回去了，說要再商量商量。但也有幾個和斯捷科類似的公司，明知道價格很高，而且還有最低必須購買一千套的限制，這幾個企業還是很快拍了板，要購買軟盟的產品，這麼算下來，軟盟每天都能賣出去一千套的產品。

軟盟員工這幾天聽到最多的，就是從業務部傳出來的聲音，「實在對不起，我們公司人手有限，目前只能做大客戶！」，「你問怎樣才能算得上是大客戶？只要一次購買一千套以上的產品，就是大客戶！」，「價格方面不是我不給你優惠，實在是公司有規定，都是這個價格，統一價嘛！」。

業務主管的聲音底氣十足，大家不用去看，都能知道他此時是一副怎麼樣的形容，肯定是單手插腰，鼻孔朝天。

黃星果然是說到做到，各地方政府很快就收到了公安部網監局的文件，要求各地一定要吸取海城的教訓，在今後進行網路安全改造時，一定要採購合格的可靠的安全產品，檔案最後附上了一大批產品的名稱供參考，有硬體也有軟體，但軟盟的安全產品都被放在第一個位置上做了著重推薦。

或許是這份文件起了作用，再加上軟盟、辰瀚、華維的三方努力，海城市府第一個站出來，不但要將軟盟作為今後市政府大力扶植的高新企業典範，而且以後海城市府所需的網路安全產品，將全部從軟盟採購。隨後封明市也宣布，封明高新開發區的網路建設中，將全部採用軟盟的安全產品。

其實這並不算是什麼很新鮮的新聞，世界上很多國家，為了扶持自己本土企業的發展，在政府大宗採購或者是政策上，都會給予本土企業一定的優先權，這幾乎是一種慣例。

就拿那個讓劉嘯痛恨了很久的銀豐來說，它是海城高新企業中的納稅大戶，也是國內為數不多的能拿得出手的軟體企業，所以海城政府公務員的日常辦公用軟體，就全部採用的是銀豐自己開發設計的辦公軟體。而這一次，軟盟終於也享受到了這一慣例帶來的好處。

海城向軟盟下了一萬套的訂單，封明是五千套，全部是按照給網監的價格簽的，即便如此，軟盟這一個星期的銷售額，就已經完全超過了自創建以來所有年份的銷售總和，而且劉嘯相信，只要有了這幾個訂單，很快軟盟就會從國內收到源源不斷的訂單。

海城市府似乎也看到了軟盟的發展前景，為了表示對軟盟的重視，此次還專門舉行了一個授牌儀式。

這次劉嘯非但不反對，反而讓公司一定要把儀式搞得隆重些。於是，授牌的那天，軟盟所有的主管門都站在了大樓底下，就等著市長過來給軟盟掛

牌。

「劉總！」業務部主管趁著這點空檔，給劉嘯彙報著，「最近我發現了點問題，想問問你的意見！」

「什麼問題？」劉嘯回頭看著他。

「這幾天有不少地方政府也開始聯繫我們，說要採購我們的產品，但他們報上來的數目，和我們業務員之前瞭解到的數目有很大的差異！」

劉嘯沒明白是什麼意思，「怎麼個差異？」

「是這樣，這些地方政府報上來的數目，大大超過了他們網路的需求量，他們根本用不到這麼多產品！」業務部主管說完看著劉嘯，「我覺得這裏面有問題！」

「哦……」劉嘯也覺得奇怪，即便是四萬塊一套，這價格也不低，這些地方政府買那麼多幹什麼用，難道真是錢多得沒處花了嗎。

「你說，他們會不會是要把我們的產品賣到國外去啊！」業務部主管低聲問道，他心裏還真是這麼認為的，國內只賣四萬塊，而國外要買就得四十萬美金，這裏面的利潤有多大，誰都能算得出來。

「這個不能亂說！」劉嘯一皺眉，不過這也確實是個大問題，「也有可能是那些地方政府代他們的一些地方國有企業採購，你先想辦法弄清楚是怎麼回事，之後我們再拿個方案出來！」

「行，我知道了，一會兒我就安排去！」業務主管點著頭。

「劉總，市長他們來了！」旁邊不知道誰說了一句，眾人趕緊往前看，就見有三輛豪華禮車緩緩朝眾人這邊駛了過來，中間是一輛勞斯萊斯，前後各一輛賓士。

「市長用這麼好的車？」劉嘯站住了腳步，這肯定不是市長的車。

可周圍一片人已經奔那幾輛車過去了。

車子停穩，前後車上各下來一個虎背熊腰的黑人，這下眾人全都剎住腳了，靠，不會是上次的那個胖子又來了吧。

兩黑人過去拉開勞斯萊斯的車門，上面走下一個人來，一身筆挺的紳士裝，看起來非常有氣度。

等看清那人面孔，劉嘯不禁道了一聲，「靠，怎麼會是他！」往旁邊看去，就見商越此時已經是一臉憤憤了，牙根都咬在了一起。

來的不是別人，正是在黑帽子大會上帶頭質疑軟盟的駭客貴族西德尼。

西德尼顯然也是被眼前的情形給弄糊塗了，怎麼回事，自己今天可是不

請自來的，這一大幫人圍上來，難道是來歡迎自己的嗎，他們又是怎麼知道自己要來的？

雖然西德尼覺得今天這個歡迎陣勢讓自己很有面子，可心裏難免有些發虛，軟盟為什麼要歡迎自己啊，黑帽子大會上自己的質疑，對軟盟來說簡直就是一種侮辱，他們應該恨自己才對啊。

西德尼也來不及多想了，人群都快衝到自己跟前了，於是他一整著裝，優雅而莊重得邁出紳士步，準備和歡迎自己的人來個深切的握手。

衝上前的軟盟員工有幾個眼尖的，一眼就認出了西德尼，於是喊了一句，「他是西德尼！」

軟盟員工沒有不知道西德尼的，一些人恨恨地瞪了西德尼兩眼，開始往回走。

剛才還很熱鬧的廣場，一下冷清了下來，西德尼尷尬地站在那裏，他很是想不通，怎麼歡迎自己的人都走到了跟前，卻又返回去了，難道自己是空氣，他們都沒有看見嗎？

西德尼的對面，站著劉嘯和商越，兩人靜靜站著，就那麼看著西德尼，意思很明顯，軟盟不歡迎西德尼！

大概對視了將近一分鐘，西德尼首先頂不住了，咳了兩聲，往商越那邊走去，臉上笑意盎然道：「商越小姐，你更漂亮了！我是西德尼，黑帽子大會上我們見過面，你應該還記得我吧！」

西德尼想借此掩飾自己的尷尬，他更願相信軟盟不歡迎自己，是因為他們還沒認出自己是誰來。

「我記得你，大名鼎鼎的駭客貴族，我一輩子都不會忘記你的！」商越冷冷地說道。她至今仍清晰記得當時所有人懷疑軟盟是在電腦上搞了鬼時的表情，一個人要當著那麼多人的面來證明自己的清白，那種感覺，商越永遠都不會忘記。

西德尼碰了一鼻子灰，只好又轉向劉嘯，「這位就是劉嘯先生吧，幸會！」西德尼主動伸出手。

劉嘯只和他淺淺一握，隨即放開，「不知道西德尼先生大駕光臨，有何指教？」

西德尼沒看出劉嘯他們站在樓下是有事情要辦的，道：「指教不敢，我有一些疑問，想向劉先生請教。」

西德尼看大庭廣眾下，也不是個說話的好地方，就又道：「劉先生要是

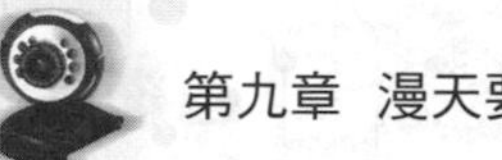

有空的話，我們不妨找個僻靜的地方詳談！」

「實在是抱歉，今天有點不湊巧，我現在剛好有很重要的事情要做！」劉嘯順手指了一下周圍這些人，道：「改天吧！改天我一定聆聽西德尼先生的教誨！不好意思！」

劉嘯這話倒也是實話實說，雖然他對西德尼沒好感，但基本的禮節還是不會丟的。可這話聽在西德尼耳朵裏，就不是那麼回事了，他今天到軟盟一連遭遇冷落，已經到了他的忍耐極限，這在以前，是從來沒有過的事。

西德尼看著劉嘯，「來中國之前，我聽人說，中國人非常熱情好客，是禮儀之邦，今天一看，……」

「那得看對誰了，西德尼先生，你認為我們是朋友嗎？」劉嘯也懶得跟他糾纏了，現在誰有工夫搭理你，你愛怎樣想就怎樣想吧。

劉嘯這句話，一下就把西德尼嗆成啞巴了，軟盟現在還能客氣地跟自己說話，似乎已經是夠給面子了，換了是自己，如果有自己很反感的人上門來，自己此時估計已經將他掃地出門了。

剛好有人在喊，「市長來了！」只見一溜車魚貫進入大樓前上的廣場，一看車牌，就知道是政府的車，看來這回是不會再弄錯了。

「對不起，失陪了！」劉嘯說完，把西德尼撇在一邊，逕自朝市長的車走了過去，軟盟的員工也隨後跟著。

西德尼這下可慘了，想走，但又不甘心就這麼離開，自己堂堂一個貴族，現在被人給掃地出門，總不是一件光彩的事。

第十章　人外有人

「『人外有人，天外有天。』這句中國的諺語，是我的一位老朋友告訴我的！」西德尼看著劉嘯，「劉先生一定也認識我的這位朋友！」

「你說的是錢萬能先生？」劉嘯嚇了一跳，他突然想起錢萬能說過的事。

在他猶豫的工夫，就見那邊的車上下來很多人，劉嘯過去之後，首先和那個被眾人簇擁在最中間的人握手，然後再一一和其他人握手，最後就領著一眾人朝這邊走了過來。

路過西德尼的車子和那些黑人保鏢，市長的隨從人員也不由一陣納悶，海城市什麼時候出了這麼神氣的人物，連保鏢都開賓士，還是清一色的黑大個。

眾人從西德尼面前走過後，西德尼才明白過來，看來劉嘯剛才並不是在搪塞自己，他們今天確實是有重要的事情要做，他不禁有點後悔，自己這是何苦呢，早知道剛才人家客氣的時候，自己走人就是了，偏偏要多那麼一句嘴，現在可好，害得自己走也不是，不走呢，又沒意思。

現場聚集了一些媒體，市長站在大樓下，簡短地講了幾句，就從自己助手那裏接過牌子，然後鄭重地交到劉嘯手裏，牌子上面寫著兩行字，「海城市政府網路安全合作單位；海城市重點高科企業」。

「好好幹，市裡非常看好你們，希望你們能把軟盟打造成一塊世界知名的品牌！」市長殷切囑咐著，「要為海城的網路安全建設做出更大的貢獻！」

「請市長放心，我們一定全力以赴！」劉嘯笑呵呵接過牌子，舉起來給大夥看了一下，軟盟的員工立刻鳴響禮炮，放飛了一大堆氣球。

軟盟這半年來，隔三岔五總得搞出點動靜來，大樓裏的其他公司早已習慣了這一點，一聽樓下有動靜，就知道軟盟又有好事了，也不去核實，直接拿起電話開始訂花籃，準備一會兒過去道賀。

市長隨後又把一份訂單當著媒體的面交給了劉嘯，其實這訂單軟盟早就接到了，市裡這麼做，也是為了讓這個儀式顯得更隆重一些。

儀式這就算結束了，劉嘯把牌子和訂單交給身後的人，然後領著市長走進了大樓，準備帶市長去參觀一下軟盟。

廣場上的人很快就走乾淨了，只剩下了西德尼和他的那些隨從，西德尼要是再繼續待下去，估計就真的是沒什麼意思了，他一扭頭朝自己的車子走去，看來自己今天來的還真不是時候。

業務主管很快派人查清楚了事情的來由，這次還真讓他給猜著了，有些地方政府確實是和一些企業達成了協議，只要他們向軟盟下單子，超過政府用量的部分，這些企業會按照軟盟價格的雙倍回購。

這就意味著，訂購的數目越多，這些地方政府就越佔便宜，甚至是他們採購設備非但不會花自己一分錢，而且還有得賺。有人付錢幫自己更新網路安全設備，這樣的好事，當然誰都願意做，不做那就是傻子。

不過這可把劉嘯給難住了，表面上看，軟盟是接到了不少大宗訂單，但其實是對軟盟利益的一種傷害，接得越多，軟盟獲利就越少。

「劉總，咱現在怎麼辦啊！」業務主管還等著劉嘯拿主意呢。

「你讓我想一想，這事不能草率！」劉嘯捏著下巴，思考著問題的解決辦法。

「我已經讓手底下的人摸清楚了，那些企業，大部分都是外資背景的，我看他們肯定是想把咱們的產品轉銷到海外去，這中間的差價利潤實在是太大了！」業務主管說完，又道：「不過，這事也是有好有壞的，壞處就是損害了咱們的利益，好處呢，就是能證明咱們的產品在海外非常有市場，有著極大的需求量，否則這些企業也不會以雙倍的價格回購。」

「所以我才說這事不能草率決定，得拿出個穩妥點的辦法來！」劉嘯皺著眉道。

這事還真不好辦，政府的訂單，肯定是不能拒絕的，但要政府縮減訂單數量，也不容易，這些政府原本就是打算靠多出來的這些數量來縮減政府自己的開支。如果要提高價格，他們也不能答應，搞不好國內剛開創的大好局面就得敗掉。

「要不咱們再和上次一樣，給他設置個地域ＩＰ限制？」業務主管問著劉嘯。

劉嘯搖搖頭，「那不一樣，軟體的安全平臺，每天都需要更新，而硬體防火牆的更新頻率很低，而且很難實現自動更新，更多的時候是需要人工手動去更新，這樣一來，ＩＰ限制這招就很難奏效！再說，這和上次的情況不一樣，上次咱們的產品是免費的，咱們不收費，自然可以拒絕提供服務，但這次那些人都是先付了錢的，付了錢的產品，你不提供服務，說不過去，搞不好會影響咱們的聲譽！」

「那降價？」業務主管看著劉嘯，「降價之後，他們沒有利潤空間，就不會倒賣了！」

「呵呵！」劉嘯笑了起來，「要是降成一樣價格，那咱們不是還得求著人家來買咱們的產品嗎？」

業務主管都頭疼了，倒也是，價格降了，確實是不會有倒賣的了，因為那就是購買了嘛，自己是應該盼著購買的人多一點。

「那咱們總得先拿出個應急的方案來啊，那些訂單很快就會送到公司，拖不是辦法！」

「這樣吧！」劉嘯一咬牙，「你去找幾個媒體，放出風聲去，就說咱們產品的實際生產成本只有四五千美金，估計很快就會有一次大的降價。」

業務主管心裏一划算，道：「那就說五千美金吧，這樣換算過來，和國內四萬的價格比較接近，不至於讓人覺得咱們是暴利，否則客戶覺得太吃虧，就不會訂購咱們的產品了！」

「另外，在網站上公布所有訂單的數目！」劉嘯說道，「每個城市需要多少套安全產品，都是有數的，明眼人一看就知道是怎麼回事了！」

「這不太好吧！」業務主管不同意。

「咱們又不偷稅漏稅，不怕別人知道，再說，我們也沒有經過任何代理商環節，不會損害到代理商的利益！」劉嘯說完一頓，「代理商做出去的單子，咱們不能公布，成交的價格，也不能公布，只公布數目就是了！」

「我不是說這個！」業務主管到底是老江湖了，低聲道：「我是說咱們公布客戶的訂單數，這不好！咱們可以不在乎，但別人呢？」

劉嘯捏了捏額頭，自己怎麼把這點給忘了，這個也算是客戶的機密吧，有心的人可以從這個數字中刺探出不少的資訊，並且，有的企業在資金周轉困難時，難免會有拆東牆補西牆的舉動，而所有的資金都是通過一些大宗的出入做平的，自己這麼一公布，還確實不好。

劉嘯無奈，只好道：「公布數字的事就算了，你先去安排媒體那邊的事，至於更好的辦法，咱們再慢慢商量！」

「行！」業務主管一點頭，「那我這就去了！」

「還有，媒體放出風聲後，不管他們怎麼炒，咱們的人一律不能對此做任何評價，必要時，還要給他們製造一些錯誤的消息！」劉嘯咬著嘴唇，「得讓那些打算倒賣咱們產品的人有所顧忌才行！」

「這個我明白！我會安排好的！」業務主管說完，出門忙去了。

「劉總！」業務主管剛走，接待美眉又走了進來，「西德尼剛才打來電話，問你什麼時候有空，他想約你談一談！」

劉嘯一皺眉，昨天自己已經把西德尼給晾到外面去了，今天他怎麼又打來電話，真是奇怪。

「劉總，他還等著回覆呢，見不見？」接待美眉問著。

劉嘯想了想，覺得還是見一下好，人家都主動找上門來了，自己就是再討厭，也給人一個說話的機會吧，「你讓他明天上午來公司吧！」

「好！」接待美眉應了聲，轉身出門答覆西德尼去了。

第二天，劉嘯上班後的第一件事，就是讓公司發出所謂的錯誤資訊，把售價從四十萬美金象徵性地降了一萬美金。按照劉嘯的說法，就是寧可自己少賺一萬美金，也不能讓別人把本來屬於自己的那三十九萬美金賺去了。

辦公室忙了一會，接待美眉就來通知，說西德尼來了。

劉嘯只得放下手頭的活，進了小會議室。

西德尼已經坐在裏面喝咖啡了，和昨天不同，他的那些保鏢隨從們沒有過來。讓劉嘯覺得羨慕的，是西德尼坐在那裏喝咖啡的姿勢，優雅至極，處處都能顯出他的貴族風範和良好修養。

「你好，西德尼先生！」劉嘯過去朝西德尼伸出手，「非常抱歉，讓你今天又跑一趟！」

「你好！」西德尼起身，和劉嘯握過手，道：「昨天的事不怪你，是我自己事先沒有打招呼！」

「請坐吧！」劉嘯伸手招呼一下，完了問道：「西德尼先生找我，不知道有什麼指教？」

「劉先生太客氣了，指教談不上，倒是我有幾個問題想要向劉先生請教！」西德尼接著說道：「不過在請教之前，我要先為自己上次在黑帽子大會上的表現向軟盟道歉，被人無端指責和懷疑，這種感覺非常不好受，我為自己當時的行為感到遺憾，我正式向你們道歉！請你們原諒！」西德尼說完，向劉嘯微微欠身，就算是表示道歉了。

這倒完全出乎了劉嘯的意外，據說西德尼從生下來，就沒有說過一句服軟的話，想讓他道歉，實在是太難了。所以劉嘯一時竟沒有反應過來。

西德尼像是完成了一件任務似的，說完道歉的話，整個人也輕鬆了不少，笑呵呵地坐下來，「我還得恭喜劉先生，你的策略級產品取得了非常大的成功，相信用不了多久，你的策略級產品就會成為世界安全界的新標準！」

「謝謝！」劉嘯這才反應過來，客氣了一句，也坐了下去。

「一直以來，我雖然不認為自己是這世界上最天才的駭客，但我相信，這個世界上能超過我的人，實在是不多，但自從在黑帽子大會上見識了軟盟

的產品，我才知道自己是多麼孤陋寡聞。愛沙尼亞發生駭客攻擊事件後，我對你們的技術水準就更加心服口服了！」

劉嘯納悶了，這西德尼怎麼回事，千里迢迢跑來，就是為了給自己灌迷魂湯嗎？

「『人外有人，天外有天。』這句中國的諺語，是我的一位老朋友告訴我的！」西德尼看著劉嘯，「劉先生一定也認識我的這位朋友！」

「你說的是錢萬能先生？」劉嘯嚇了一跳，他突然想起錢萬能曾經在這裏說起過的事，那時候自己以為是他瞎編的，後來弄清楚他要代理軟盟產品的真正原因後，劉嘯就把這事給忘了，現在看來，這西德尼真的是和錢萬能認識，搞不好他的祖宗還真是海盜呢。

西德尼點了點頭，算是回答了劉嘯的疑問，「我的這位朋友還有一句經常說的話，叫做『人怕出名豬怕壯，做人一定要低調。』，我以前不明白，現在倒是明白了。」

劉嘯被搞糊塗了，這西德尼繞來繞去，到底想說什麼呢，於是問道：「西德尼先生，你來這裏，不會就是要和我聊錢先生吧？」

西德尼笑著搖頭，「只是突然有些感觸罷了！」說完一攤手，「好，我們說正事吧！我想劉先生最近一定很忙吧，是不是有很多人在千方百計地想用低價拿到你們的產品？」

劉嘯頓時色變，西德尼怎麼會知道這些事，難道他知道那些人的底細，或者是說，他知道是誰發動對軟盟的攻擊！

「西德尼先生這話怎麼講？」劉嘯問著。

「那就是有這回事了？」西德尼攪著自己的咖啡，「呵呵，其實這事我也不知道是該恭喜你呢，還是該為你們擔心！」

劉嘯愈發納悶，自己到現在還是沒弄懂這西德尼到底要說什麼。

不過，西德尼卻繼續說道：「恭喜你呢，是因為這證明你們的產品非常有市場，在這點上，軟盟是成功的，你們的產品很快就能普及到全世界，成為新的安全標準；而擔心呢，是因為你們會成為新的安全標靶。劉先生可知道現在有多少人正在研究你們的軟體，並試圖找到其中存在的任何漏洞？」

劉嘯笑了起來，「如果我沒猜錯的話，西德尼先生恐怕就是其中的一位吧？」

劉嘯心裏算是摸著了一點線索，西德尼今天可能是來一雪前恥的，上次他敗在了策略級產品之下，現在這麼長時間過去了，可能是他找到什麼漏洞了，然後跑過來報仇的！

西德尼倒也痛快，微微頷首，道：「自從黑帽子大會之後，我一直都在關注軟盟，你們的產品我也一直在研究和分析，但我今天來，不是要說我自己的事！我是想問問劉先生，你可知道為什麼會有那麼多人在低價弄你們的產品？他們都是些什麼人？除了我，還有誰在研究你們的產品？」

劉嘯有些意外，西德尼竟然不是來報仇的，不過他的這個問題卻讓劉嘯非常感興趣，「這麼說，西德尼先生知道？」

西德尼點頭，「劉先生親身經歷了愛沙尼亞的事件，想必你也知道愛沙尼亞事件的一些內幕吧！」

劉嘯這下倒是吃驚不小，為什麼自己去愛沙尼亞的事，西德尼也會知道。

西德尼看出了劉嘯內心的驚詫，道：「其實不光是你去愛沙尼亞的事，就連這次你故意提高產品海外售價的事，也在很多人的預料之中。正是基於這種判斷，他們才能快速啟動各種預案，通過其他途徑來低價採購你們的產品！」

劉嘯此時心中驚訝到無以復加的程度，原來那些人並不是要靠販賣軟盟的產品來賺錢，是他們自己想低價得到軟盟的產品，劉嘯想起那天斯捷科公司的人，一來就是奔代理權來的，而且還能對銷售量做出保證，恐怕他們也是奔產品來的，而不是利潤。

「自從軟盟在黑帽子大會上一舉成名之後，就有人開始注意上了劉先生了，你的行為特徵、心理特徵，包括你的一些辦事風格，這些都是他們的研究內容。你宣布今後將永不參加黑帽子大會，以及你對待海外企業的態度，特別是在你召開新聞發表會，宣布了和華維的合作後，他們就已經判斷出你可能要提高產品在海外的售價了！」

西德尼端起咖啡，細細地抿著。

「你說的這些人，到底是什麼人？」劉嘯此時已經驚訝得不驚訝了。

「他們為各國政府效力，時刻關注著每一個可能改變全球網路格局的事件以及人！」西德尼笑著，「能被他們盯上，是件非常榮幸的事，但卻不是什麼好事！」

劉嘯立刻就想起了方國坤，自己上次被監視，難道也和這個有關，細細一想，劉嘯又覺得不對，那時候軟盟還沒有在黑帽子大會上出名呢。

「那西德尼先生怎麼會知道這些？」劉嘯看著西德尼，難道這傢伙也是

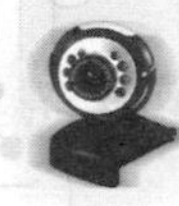

這種人不成？

「你不要誤會！」西德尼明白劉嘯這句話裏的含義，道：「我不為任何人效力，只是我以前曾為一些政府做過培訓，給這些人講過課，所以知道這些事！」

劉嘯「哦」了一聲，覺得這事有些不可思議，自己怎麼莫名其妙地成了許多人的研究對象呢，他現在明白為什麼踏雪無痕什麼事情都能知道了，原來這個世界真的沒有什麼秘密，你覺得很隱秘了，但沒準你腦袋上正有許多雙眼睛在注視著呢。

「西德尼先生，我有點不解，他們關注我們軟盟能有什麼用，我們現在還只是一家小公司而已！」劉嘯問。

「因為你們的產品能幫他們解決一個大問題！」西德尼說，「這也是我剛才提到愛沙尼亞事件的原因，很多國家想通過這件事的影響，來立法打擊網路攻擊，你可知道他們面臨的最大問題是什麼？」

「取證困難！」劉嘯回答，「而且即便是拿到了證據，對方只需隨便編個理由，照樣可以逃避法律的制裁！」

「其實這都不是問題！」西德尼搖了搖頭，「最大的問題是，他們沒有那麼多的財力和人力來支撐這項法律的運轉。舉個例子，美國每年要遭受兩萬次以上的網路攻擊，每次抵抗，至少要花費一百五十萬美金，只這一筆，美國每年要支出三百多億。這還僅僅是抵抗，如果要對這兩萬次網路攻擊進行定性，確認它是不是一次網路戰行為，那這個數目至少還要再翻一倍；如果你還想取得進一步的證據，追蹤攻擊者來源，最後再對攻擊者進行審判，那花費的數目，就根本沒有個盡頭，就算有錢，你也沒有那麼多人去做這件事。換句話說，如果真有這些錢，美國完全可以進行一場真槍實彈的戰爭，這比任何法律都具有震懾力！」

劉嘯茅塞頓開，自己這些日子也在研究網路戰，但遠沒有西德尼這樣透徹，他這是一語切中要害啊，駭客攻擊本來就是個以小搏大的事，一個駭客甚至可以攪亂一個國家，但如果防守方要以大取小的話，那往往就會得不償失，調動一個國家的資源去搞定一個個體，傻子也不會這麼幹的。

自己之前沒有想透這一點，可能是因為自己沒有像西德尼那樣站在更高的角度去看問題。

「西德尼先生，你說得非常有道理，請你繼續說下去！」劉嘯現在倒是不敢小視西德尼了。

「國家的網路還有政府的網站，都是一個國家的資源，是不容侵犯的，任何針對這些資源的攻擊，都可以視為是一種挑釁和入侵，這個是不分個體和非個體的，所以對於網路戰的定性並不是想像中那麼難。在這點上，即便是網路戰的創始人，也曾受過到制裁！」西德尼看著劉嘯。

劉嘯點頭表示贊同，網路戰的創始人，應該非美國的小莫里斯莫屬了。說起小莫里斯，就不得不提一提他的老子——老莫里斯。

老莫里斯在當年是美國國家電腦安全中心的首席科學家，這個機構隸屬於美國國家安全局，可以說老莫里斯在電腦安全方面的造詣非常深，應該是美國首屈一指的了，而他的兒子，卻給他製造了一個大麻煩。

小莫里斯攻讀大學期間，某天突發奇想，他想測一測互聯網的容量到底有多大，於是他寫了一個病毒，把它投進了網際網路，在短短二十多個小時內，就有超過廿五萬台電腦被感染，致使美國航空航天局、美國國防戰略電腦主控系統和各級指揮中心的電腦癱瘓，以及多所大學的網路終止運轉，造成的損失接近一億美金。

跟後來的其他病毒相比，莫里斯這個病毒造成的資金損失或許不算多，但他的意義和影響卻是非同尋常，他第一次讓人們認識到了病毒對於網路的破壞力，自此之後，各式病毒開始相繼登場亮相。

而病毒的製造者小莫里斯，法庭卻遲遲難以對他量刑，因為當時的法律根本沒有針對互聯網犯罪的相關條文。

直到一年半之後，法庭才以造成重大事故罪，判小莫里斯緩刑三年。而有意思的是，小莫里斯後來接替他的老子，成了新一任美國國家電腦安全中心的首席專家，再後來，就有了網路戰的飛速發展。

「現在的狀況和小莫里斯時代早已不同，病毒失去了往日的風光，從病毒出現到它被消滅，時間變得越來越短，各國各政府在防禦病毒方面積累了多套手段，可以將病毒所能造成的危害降至最低，病毒已經不再是網路戰的首選手段了，甚至連常規手段都算不上了！」西德尼笑說，「但新的狀況是，網路攻擊變得簡單而又氾濫，只要下載一個駭客工具，誰都可以發動攻擊，中國有句古話，叫做『法不責眾』，在這種情況下，你根本不知道該去制裁誰，如果不解決這個問題，對網路戰立法，只能是一紙空文罷了。而你們軟盟的產品，剛好就替所有人解決了這個難題，你們的軟體防火牆，甚至連沒有幾個人知道的虛擬攻擊都能防禦，而硬體防火牆則可以隨時保證通信的暢通，完美防禦資料洪水，就目前狀況來看，除了病毒之外，其餘九成以上的網路攻擊行為，你們的產品都能做出最好的防範。」

劉嘯此時總算是聽明白了，原來繞了一大圈，西德尼要說的是這個啊，不過對於網路戰，西德尼的見解和看法確實是有獨到之處。

「愛沙尼亞發生駭客攻擊時，正是由於你們產品的意外表演，才讓這次事件開始變質，一些國家下定決心要促進網路戰立法。」

「啊！」劉嘯有些吃驚，沒想到那個安裝在愛沙尼亞次級網站上的防火牆，在挺過了對方的第一波攻擊後，竟然左右了事態的後續發展。原來讓愛沙尼亞硬扛著那麼大資料洪水接通互聯網的真正信心源泉，竟會是軟盟的那款防火牆樣品。

雖然劉嘯當時也想著事件鬧得越大越好，這樣軟盟的知名度也會跟著越高，可現在得知自己的產品竟然真的扮演了一個推波助瀾的角色，劉嘯一時還是有些無法接受。

「每個國家的網路，都是樹形的，只有對樹的主幹發動攻擊，才能影響到整棵樹的生存，網路戰防的就是這個。此次愛沙尼亞事件中，你也看到了，如果僅僅是資料洪水的話，愛沙尼亞只要關閉和外界的連結，頂多有一些交互上的損失，真正造成危害的，反而是那兩個入侵，特別是駭客利用愛沙尼亞移動營運商發出去的錯誤消息，給愛沙尼亞造成了極大的混亂。」西德尼看著劉嘯，「在今後的網路戰中，主要提防的就是這些可以一擊致命的超級駭客，而立法也是為了制裁這些超級駭客，你們的產品，就是讓所有人可以騰出手去對付這些超級駭客，最大限度地逼他們浮出水面。」

西德尼現在不用說下去，劉嘯也已經明白了，他道：

「也就是說，採用軟盟策略級技術來裝備自己的關鍵網路，已經是不折不扣的趨勢了，軟盟的產品由此會取代微軟的作業系統成為新一代的標靶。只有先成功地穿過軟盟製造的這層防護，才能對樹的主幹造成損傷，絕大部分人被擋在了防護層的外面，那些穿過去的，就是發起網路戰的攻擊者，也就是要立法制裁的對象？」

「呵呵，你可以這麼理解！」西德尼笑著，「是你們的產品，讓一件原本很麻煩的事，一下就變得簡單了起來。」

劉嘯現在倒不知道是該高興，還是該鬱悶了，自己費盡心機，算計來算計去，以為是時來運轉，一切盡在自己掌握之中，誰知道自己算計別人的同時，也被別人給算計了。

「多謝西德尼先生今天能夠把這些內幕說給我！」劉嘯有些傷感，苦笑一下，「西德尼先生今天來，不是只為說這些吧？」

「當然不是！」西德尼搖頭，「我給你提供這些信息，是想換取你的一條資訊。」

「請說！」劉嘯看著西德尼。

「為什麼你們的軟體可以防禦住虛擬攻擊！」西德尼看著劉嘯，「雖然我也知道了虛擬攻擊的原理，但我沒有想出一個切實有效的防禦辦法，這個問題困擾了我很久，不知道劉先生是否可以幫我解決這個困擾？」

「資訊換資訊，這很公平！」劉嘯笑說，「我們有句話，叫做『真的假不了，假的真不了』，只要識破了它的伎倆，再好的偽裝都沒戲。拿魔術師來說，他事先設計好了專門的光線和環境，然後再利用人們視覺習慣和視覺差，就可以將一列火車從你的眼前弄消失，但如果你換個角度去看，其實那火車根本就在原地沒動，你反而會覺得魔術師可笑。沒有識破魔術師的伎倆，只是因為你沒有站在一個最好的角度罷了。這也好比是鏡子，你之所以會把鏡子裏的東西當作是真實的東西，是因為你的視野太小了，你看不見除了鏡子外的別的東西，但只要你往後站兩步，視野擴大之後，你就知道那只是一面鏡子而已，那時候任憑鏡子裏的東西怎麼變換，都不會再欺騙到你了。」

「角度、視野？」西德尼把劉嘯的話又仔細琢磨了兩遍，然後道：「我明白了，我太沉溺於虛擬攻擊的原理了，我想從技法上去拆穿它，卻忘了還有更好的辦法。謝謝你，劉先生的指點讓我茅塞頓開！」

「不用客氣，我們只是彼此交換資訊罷了！」劉嘯說。

「那我就不多打擾你了！」西德尼站了起來，「再次對上次的事表示道歉，請一定向商越小姐轉達我的歉意！」

「事情已經過去，西德尼先生不必老放在心上，我會把你的歉意轉告商越小姐的！」劉嘯也跟著站了起來，「那我送你！」

「不用客氣，留步吧！」西德尼客氣著。

劉嘯還是把西德尼送到了電梯口，「有機會，請再到中國來！」

西德尼笑著應了一句，轉身進了電梯。等他一走，劉嘯就站在電梯口開始抓頭，這下該怎麼辦呢，如果西德尼說的都是真的，那自己就要改變一下策略了。可劉嘯也有疑慮，因為雖然西德尼說得那麼玄乎，但也未必就是真的，萬一他是來忽悠自己的，自己這樣匆忙而動，反是不美。

劉嘯發現自己自從接掌軟盟以來，不像以前那麼容易去相信別人了，別

人說的話，自己總是會不由自主地朝正反兩個方向去想，可即便是如此，自己千算計萬算計的，到最後還是被別人給算計了，這讓劉嘯不得不更加小心。

如果西德尼說的是真的，那自己該怎麼辦，是順著那些人的心思，趁機將軟盟的產品推向全球，讓策略級成為新的安全標準；還是按兵不動，繼續觀察一段時間，不讓自己成為別人的棋子？

選擇前者的話，軟盟就可以迅速成為業界的領導者，但軟盟由此也會成為別人的安全標靶，軟盟在這方面是否做好了準備呢，劉嘯心裏並不是非常有底；而選擇後者的話，軟盟以後仍然可以按照佈署繼續穩紮穩打，但卻會喪失一次快速發展的良機。如果西德尼說的不是真的，那他忽悠自己的目的是什麼呢？劉嘯想了片刻，無非就是會給自己提供一些錯誤資訊罷了，讓自己去躁動，軟盟為了迅速佔領市場，第一件事肯定就是降價，西德尼是否是那些政府的說客，這也很難說。

「唉，真是頭疼啊！」

劉嘯抓著頭往公司裏走去。

請續看《首席駭客》九 定海神針

首席駭客 八 網路戰爭

作者：銀河九天
發行人：陳曉林
出版所：風雲時代出版股份有限公司
地址：105台北市民生東路五段178號7樓之3
風雲書網：http://www.eastbooks.com.tw
官方部落格：http://eastbooks.pixnet.net/blog
Facebook：http://www.facebook.com/h7560949
信箱：h7560949@ms15.hinet.net
郵撥帳號：12043291
服務專線：(02)27560949
傳真專線：(02)27653799
執行主編：朱墨菲
美術編輯：吳宗潔

法律顧問：永然法律事務所 李永然律師
北辰著作權事務所 蕭雄淋律師

版權授權：蔡雷平
初版日期：2015年10月
初版二刷：2015年10月20日
ISBN：978-986-352-186-0

總 經 銷：成信文化事業股份有限公司
地　　址：新北市新店區中正路四維巷二弄2號4樓
電　　話：(02)2219-2080

行政院新聞局局版台業字第3595號 營利事業統一編號22759935

定價：280元　特惠價：199元

國家圖書館出版品預行編目資料

首席駭客 ／ 銀河九天 著. -- 初版. -- 臺北市：
風雲時代，2015.04- 冊；公分

ISBN 978-986-352-186-0（第8冊；平裝）

857.7　　104005339